U0054681

陽光是母親溫暖的手

冰谷 著

▲本書獻給母親在天之靈

序

鄉親，今年桂花開得「真」美

李樹枝

經鄰舍游枝先生引薦，我這廣西「小」鄉親得以於二〇一二年七月初，在拉曼大學金寶校區中文系主辦的馬華現代詩國際學術研討會會場上，拜識傳說中兼有「膠林之子」（昆羅爾語）與「索羅門王子」（游枝語）美稱的馬華作家冰谷（一九四〇—）「老」鄉親。之後，在金寶數次的茶敘或電話閒聊間，方曉得雙方的祖籍同是廣西省容縣；冰谷老鄉親「來自」簞埛沖，筆者小鄉親來自亨塘村，均位於容城郊外，偏僻的大山裡。冰谷小我先父約十餘歲，可為我叔輩；他家和我家與在馬來半島大多務農的廣西鄉親際遇相彷彿，我們倆小時就住所謂的新村（New Village），凌晨時分就得拿起膠刀，去抹膠杯，「拜樹頭」，「以一把膠刀去喚醒一棵任由宰割的橡樹」……

文學評論者嘗稱「散文是人類生活的週全寫真」，若將此界說證之冰谷散文創作之內容、風格及主題，我想亦可作如是觀。冰谷散文的內容確實地圍繞其數十年的生命歷程及對漂泊生活的諸多體悟，而其散文的風格乃結晶至自身人格個性與情緒感，故其散文內容、風格及主題充分反映了冰谷的關照思索與勞動智慧。易言之，冰谷散文的外在內容、風格與主題與其內在人格精神相統一。筆者以為，其散文恰恰文如其人，從自身主體的胸臆跡露而出，堪為其人格精神結晶後的「真」本色獨造語。

一九七三年的《冰谷散文》奠定冰谷在馬華散文書寫（史）的明確位置。陳大為教授曾就其散文敘述主體與膠林園坵的「真摯互動」所凝成的生活情感、文字表現及深刻度三方面的書寫特點，稱許其散文文本為馬華一九六〇年代散文的「巔峰之作」。

《陽光是母親溫暖的手》散文集收錄了冰谷從二〇〇四年底至二〇一二年底的書寫成果，散文書寫的時間跨度約八年；中間的二〇〇六年，冰谷的肉身還／甚至經歷了中風病痛之坎。此書共分三輯：第一輯〈陽光是母親溫暖的手〉、第二輯〈感覺人間真美好〉及第三輯〈走出中風的魔咒〉。審視三輯的文本，冰谷仍保持其一貫「簡潔」、「純樸」、「細膩」、「輕重得宜」的文字質料；依然從「平凡的小事著眼」的書寫策略，進行「濃厚的綿密的深入的描寫」。就整體肌理而言，冰谷的散文書寫，並非以充沛的想像力及「精煉峻拔」的文字取勝，而是寄托以寫人、寫景、傳記、敘事、抒情、說理等形式，因人／景／事／物，生情起感，明晰並深刻地表達自身的關照思索與勞動智慧取勝，堪為「文章性散文」類型的書寫範例。

大學者王國維嘗曰，「詩人對宇宙、人生，須入乎其內，又須出乎其外。入乎其內，故能寫之；出乎其外，故能觀之。入乎其內，故有生氣；出乎其外，故有高致」。冰谷自覺地移「入」膠林、園坵、家族、肉身的「文學場域／現場！」，又能從「內」移「出」，對其生活現實寫真，進而達致生命境界的「高致」。具體來說，「（父親）母親－家－膠林／園坵」為冰谷散文書寫的情思／構思程式，開展其多年的散文書寫歷程。此程式亦貫穿了本散文集中輯一與輯二的文本。冰谷對（父親）母親的書寫，尤為動人；試看本文集〈父親的老爺腳踏車〉第五段的文句：「……所以，父親和母親名副其實的一對白髮紅顏。但憑媒婆的一張口，一張過時而陳舊的相片，一個年華似水的鄉下少女，竟然把終身幸福典當，從廣西的窮鄉出走南洋，闖進了家徒四壁、僅存一輛老爺腳踏車的柴門。每天頭上繫著煤油燈，在大地沉睡的時刻摸黑出門，以一把膠刀去喚醒一棵任由宰割的橡樹……」字字見其對（父親）母親的眷戀。

茲再引第一輯與第二輯的文段以資說明冰谷的「家－膠林／園坵」情思／構思書寫。第一輯有文段曰：「……這樣溫馨而值得眷戀的家，可惜只住了兩年便遭踐踏、摧毀。英政府實施搬遷法令，我們被迫離開膠林，移入鐵蒺藜圍困的新村裡，從此失去自由，終日在倉皇失措的陰影裡兜轉……」；第二輯的文段寫道，「……跨出校門，投入種植是我唯一的出路。那張華校高中的證書，在國家剛獨立的年代，除了深造，好像沒有其他更大的意義。拿去應徵種植業，憑童年、少年一路走來都在橡膠綠林裡幫助父母，懂得一些割膠種樹的竅門，所以一扣門路即通了。沒想到，那竟是流浪的開始……」〈異鄉人〉。筆者以為，冰谷「家－膠林／園坵」書寫的家／膠林／園坵的空間意義不僅僅是地點（location）或三維向度的集合組織而已，它們更成為冰谷的「存在的向度」。檢視上述的兩個文段，我們當可覺察，冰谷書寫自身小我有關家／家族／膠林／園坵的「小寫歷史」之餘，何嘗不是「潛寫」著（後）殖民、緊急法令、新村計劃、馬共抗爭、國家獨立、（廣西容縣）大馬（移民）華人（二十世紀經濟／橡膠種植／教育）史、大馬華裔國族建構等的「大寫歷史」。

隨著生命時間與書寫歷程的推移，當冰谷行將返家，要離開數十年「家－膠林／園坵」現實／文學（現場）場域；毅然結束流浪與漂泊，告別膠刀、鋤頭、半島東馬與群島「百獸經年原野對峙的記錄」之際，冰谷卻又被拋「入」「肉身」現實／文學（現場）場域。於是，冰谷在「母親－家－膠林／園坵」情思／構思程式，銘刻了更為「有我」、較為「入」的「自我肉身」書寫，敘述主體性更為確立的，「母親－家－膠林／園坵－自我肉身」情思／構思程式儼然成型。

在第三輯的文本裡，二○○六年八月中風之後的兩個月間，冰谷寫道，「……『醫生囑我好好照顧你。』她說，『共同生活幾十年了，你放心，醫生不交代我都會的！……』。」〈兩個另一半〉；又在二○○七年四月寫道「……治療師自然不理解我的心意：我早把玻璃門視為關口，我天天在努力闖關，盼望不久就可突圍，跟著衆人腳步的韻律和節奏，回到生活的原點……」〈迎接另一道彩虹〉；筆者從其文本所建構的「世界」移出，閃回現實記憶凝成的膠卷，二○一二年七月出席了金寶的馬華現代詩國際學術研討會，二○一三年南下都門訪友，又在北上返吉打途中，轉經寒舍並遞上細心準備的冰凍貓山王榴槤。一路走來，冰谷，在愛妻家人朋友的打氣下，成功地用信心、堅韌、勇氣的「赤手空拳」形式完成了回到生活的原點之願望。

走筆至此，閱畢此書諸篇影印文稿，掩卷沉思之際，油然想起冰谷，出於對文學的熱愛，全程參與馬華現代詩國際學術研討會一拐一拐的身影，令筆者與衆與會者不禁為之動容；同時，筆者也不期然憶起小時，在膠林中尾隨雙親的我，靠著頭頂繫著的臭石燈探照下，凝望前方「從廣西窮鄉出走南洋」的先父與母親，汗流浹背地抹膠杯與割膠的辛勞身影。今年，冰谷《陽光是母親溫暖的手》這桂花開得真美，不知容縣亨塘村祖屋後方的荔枝樹結果了沒？

謹以本文為序，並誠摯地向諸位讀者推薦這開得「真」美的桂花。

祝願冰谷天天向著陽光，迎向母親溫暖的雙手！

李樹枝「小」鄉親謹啟

二〇一三年九月九日，微雨，寫於金寶

金寶拉曼大學中文系高級講師

參考與徵引文獻

1. 陳大為：〈從馬華散文史視角論《冰谷散文》〉，收錄於冰谷：《橡葉飄落的季節——園坵散記》，八打靈：有人出版社，二〇一二年。
2. 方祖燊、邱燮友：《散文結構》，臺北：蘭臺書局，一九七二年。
3. 符氣南：〈膠林的世界——談《冰谷散文》〉，收錄於冰谷：《橡葉飄落的季節——園坵散記》，八打靈：有人出版社，二〇一二年。
4. 簡恩定、唐翼明、周芬伶、張堂錡編著：《現代文學》，臺北：國立空中大學，一九九七年。
5. 昆羅爾：〈膠林之子的本色〉，收錄於冰谷：《橡葉飄落的季節——園坵散記》，八打靈：有人出版社，二〇一二年。
6. 林水檺、駱靜山：《馬來西亞華人史》，八打靈：馬來西亞留臺校友會聯合總會，一九八四年。
7. 王國維：《人間詞話》，濟南：齊魯書社，一九八一年。
8. 蕭蕭：〈導言〉，蕭蕭編著：《臺灣現代散文・散文卷》，臺北：三民書局，二〇〇五年。
9. 鄭明娳：《現代散文類型論》，臺北：大安出版社，一九八七年。
10. 趙戎：〈略論冰谷的散文〉，收錄於冰谷：《橡葉飄落的季節——園坵散記》，八打靈：有人出版社，二〇一二年。
11. Christian Norberg - Schulz: Genius Loci: Towards a Phenomenology of Architecture, London: Academy Editions, 1980.

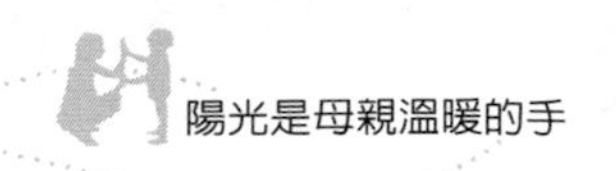

陽光是母親溫暖的手

目次
contents

輯一：陽光是母親溫暖的手

果子貍走入我童年的夢裡

這是五十年代的舊事了。

那時我六歲，還沒有上學，居住在太平與峇都古樓半路一個小園坵，天未亮母親頭上便掛著一盞燈，帶著我走出家門，忍著睡意，抖擻精神步行到幾里外的膠林裡割樹膠。

年幼的我幫母親抹膠杯、撿膠絲，就這樣在荒涼的膠林裡經常與晝伏夜出的果子貍不期而遇。果子貍遍體幽香，故稱「麝香貓」。它的出現，令人振奮，一陣溫馨撲鼻而來，緊接不遠處有兩盞藍光與母親的頭燈對視，那便是果子貍兩顆結晶體的眼球。

兩盞燈以不同形式的亮光驟然出現在暗夜裡，似在互相祝福。那帶點闌珊的亮度彷彿是和睦共處的訊號。

母親把果子貍當成家貓一般寵愛，情如朋友，原因是，我們生活在膠林裡的那段時光，經常見到果子貍，無形中它們成為我們夜裡生活的良伴，似乎彼此同為溫飽而不畏風寒和雨露，於晨曦未露前掙扎現身，在廣袤遼闊的荒野中風餐飲露，天天為了飢餓而尋尋覓覓，彼此有著相同的際遇和面對的困境啊！

依稀記得第一次遇見果子貍，年幼的我對著那兩盞恍恍惚惚的金光，還誤以為是夜裡的幽靈鬼火，心裡不禁泛起絲絲震顫，雙手緊牽母親粘滿膠跡的衣角，「媽媽，我怕我怕！」地呼喚。母親輕拍我的肩膀，柔聲地、緩緩地回答：「傻孩子，別慌，是果子貍，一種善良像家貓一樣的動物！」

我家中豢養著一隻花貓，溫馴而可愛，我喜歡抓它窩在懷裡。我自小就非常信任母親，她是一個堅強又勇敢的婦女。我們長期蟄居在窮鄉僻野，母親是家庭的支柱，她懂得如何應對任何發生的事故。對於蒼茫濃密的膠林與沉沉寒冷的夜色，還有在黑幕隱藏的野豬、蛇蠍、刺猬，母親毫無畏怯。所以，任憑夜風蕭瑟，寒意襲人，晴天裡總有一盞飄忽不定的煤油燈，一把磨得雪亮的膠刀，跟隨母親和我一起上路；兩個寂寞的影子在無邊的夜色裡依時出現。當然我不怕，因為有母親在我身邊。我感覺到母親的體溫貫透了我的心房。

夜裡的膠林除了草叢裡傳來唧唧的蟲聲，樹上偶爾還有貓頭鷹的嘶鳴，此外大部分的時間都一片沉靜。多次遇見果子貍之後，我幼稚的心靈開始對它發光的眼珠產生好奇，敬佩之餘很想看個仔細，可惜母親頭頂上的煤油燈熒熒如豆，使我看不清果子貍的真面貌，更不要說它明亮的眼珠了。

母親說果子貍可愛得像家貓，於是有一天我捉住花貓左看右盼，一連注意了好幾天，都無法從貓眼中覺察到眼珠發光的蛛絲馬跡。我失望了，我問母親。母親微笑說：「傻子，果子貍眼和貓眼一樣，都不會發出亮光，只能在黑夜裡反射出燈盞的光芒。」

知道了果子貍眼珠的「祕密」之後，我對它獨來獨往的無助起了憐憫之心。它不只走路輕柔，也從沒聽過它無故發出一聲嘶叫。在它亮麗的眼中，也許根本沒有黑夜，也彷彿沒有蟲蛇與豺狼；它只懂得為了尋找食物，孤獨而勇敢地衝向漆黑的林野。

我小小年紀就欽佩果子貍那份勇氣，當它是我們夜裡趕路的導航。偶爾，我們也遇過調皮的果子貍，那兩道眼珠的光芒與母親頭上的煤油燈對峙，久久不動。這種情景，母親擔心我害怕，無奈地收起膠刀，撿起地上的枯樹枝向它拋去，那兩道亮光才轉向，徐徐地，在茫茫的黑夜悄悄隱沒。

後來，我與果子貍相遇的次數多了，對它的認識也加深了，它那兩盞眼燈在我的心胸不再有任何畏懼，反而成了慰藉和期望，使我在孤寂的膠林野地裡獲得一份溫暖。果子貍成為母親和我在暗夜裡的伙伴呀！

母親和我，都同時對果子貍產生無限的親切感。貓一般輕柔的腳步，飄著花果一般的體香，果子貍跟我的童年一起成長。

拔牙驚魂

那顆長在左邊尾端朝下的臼齒，接連兩次劇痛，用牙籤刺探，發現有個洞，原來蛀了。

我平生第一最怕的事，就是拔牙。

童年時僻居鄉下，離城遠，換乳牙時母親叫我自己不斷搖動，然後拔除。她說不痛的，搖鬆了輕輕一轉就出來了。

母親強行替我拔除幾根之後，乳牙的事就令我自己處置了，結果我長了兩顆哨牙[1]；因為怕痛，乳牙與新長的恆牙相互爭位、畸長重疊，成為一輩子形象的遺憾。

講得欠雅一點，就是「破相」，難怪一生命途多舛、事業無成、升官無望。這是自作自受，不得怨天尤人。誰叫自己不能忍受丁點疼痛，讓乳齒植生，徒長後變成後患無窮的哨牙。

所以長大後，最怕面對鏡子，還被姐姐調侃說像兩根「豬哥牙」；幸好後知後覺，自小勤於嗽刷，五十歲以前，牙齒保持潔白亮麗，不像有人年未二十，食不知其味，因為滿嘴塑膠齒。

半世紀悠長的無聲歲月，靠一副鑽石陣容的切牙臼齒，我不知搗碎了多少噸魚肉蔬菜瓜果，壯大了我的胃臟和體質；那咀無不稀、嚼無不爛的乾脆利落，維持了我在家庭中的護牙至尊。要非那兩顆哨牙作怪，我有足夠條件成為牙膏代言人。

可惜，人的體能僅足抵抗疾病，隨著身體細胞組織與歲月同步老化，齒族也開始失守榮譽，逐漸向時光傾斜。起先是難以適應入口的忽冷忽熱，然後連飲白開水也成為禁忌了。後來發現遭遇腐蝕的竟是末期長出的臼齒。後長先腐，一味感覺酸軟，咀嚼乏力。

幾經躊躇，由原本的酸軟演變作疼痛了。這還了得！再不當機立斷，求助醫療，一旦病痛沉痾更難解救了。

說來弔異，第一根蛀牙的歸向不在半島原鄉，而埋葬在沙巴莽莽的叢林裡，任憑野獸蟲蟻糟蹋。起初我還抱一線希望，因為當牙醫檢驗時我問，有得補救嗎？他不停搖頭，洞穿了，修補浪費金錢和時間，乾脆去掉吧！

好吧！就乾脆去掉。醫生的措詞是明燈，引導病人走出陰霾迎接光明，我當然要聽，所以不顧親情把作亂的不良分子剔除，換回一個安詳寧靜的生活。第一根腐牙就這樣在沙巴叢林裡入土為安，成為孤魂野鬼，永遠回不了鄉。

從此安享食慾了，我想；於是滿懷興奮，高枕無憂。誰知道，這只是一個開始，難怪滿街巷都掛著專科牙醫了。

不錯平安了好幾年。

五十六歲那年我離鄉更遠，遠到彷彿接近天邊，落在由九百多個島嶼組成的索羅門群島。三年多飄盪之後，又有一根臼齒不安於「室」了。那種經濟萎靡醫藥落後的蠻夷番邦，拔一顆牙勞師動衆，得乘兩小時快艇渡汪洋碧海復騰雲駕霧一小時，才抵達青天白日與島國藍星旗同步飄揚的島國京城，進入那所唯一的醫藥中心。計算一下去回快艇燃油和機票，還有吃住，少說也需所幣四千或兩千令吉[2]。這筆帳比拔牙出血更痛！

能忍則忍，能省則省；另一件事，在落後番邦拔牙，真心寒膽顫，不如忍著，多幾個月就到假期，回國後才作安排。那顆蛀牙偏偏與主人作對，疼痛愈來愈繁密，每週總有一兩次併出火花、發出訊號，且朝晚連續，使我精神陷入極度低迷。

終於，我升掛白旗，乖乖屈服了。

整所醫院，都是黑越越一片，從醫生到護士到清潔工人，只有我的膚色與衆不同。經醫生診斷後，進入拔牙所，接待我的是身材臃腫的中年黑婦。注射麻痺藥後不久，她叫我張大口，看她握鉗的手勢我就膽怯心寒。還算專業，她先用鉗子輕擊幾下麻木的蛀牙，印證選擇正確。我做足了疼痛的心裡準備，但是長痛不如短痛，一直叫自己鼓足勇氣，眼神盡量避開那把閃亮的鉗子。忽然一聲「OK」，蛀牙已嗒一聲擲落銀盤了。奇怪，這麼輕易就完成任務了。

我的兩顆蛀牙，分隔迢迢幾萬里，一顆葬蠻荒，一顆葬海洋，同樣被主人遺棄，卻有不同的際遇。

現在，牙痛又來了。這是第三顆。退出江湖了，人在半島，在自己醫藥精明的國土，去掉一顆爛牙形同拔除一根白髮，有啥可怕！

有過兩次拔牙經驗，這回更滿懷信心。進入冷氣設備的牙科診所，半躺在舒服的椅子上，前面壁上還嵌著一臺LCG水晶電視，真是一流享受。

注射麻痺針後，醫生就開始拔牙了。只見他手中鉗子扭幾扭，啪地一聲，糟糕斷了，醫生彷彿自言自語。他繼續用鉗子尖頂挖掘，要把斷牙部分掘出來。這可不得了，因為感覺到非常痛，痛得想用手去阻止他的粗暴，忽然聽到他說出來了。

當然是斷牙根被他從牙肉裡強撬出來了，而劇痛這時才局部消除。我劇烈跳動的心，也慢慢平和下來。

第三顆蛀牙，雖然埋葬在原鄉。但是，那陣沉痛的撬挖動作，卻永遠成為我拔牙的死穴！

註釋

[1] 哨牙，即廣東話的「暴牙」。

[2] 令吉，馬來西亞貨幣單位，一令吉約等於新臺幣八元。

與山林接觸

我這一生，彷彿注定了與山林為伴，和城鎮缺緣。

父母年輕時飄洋過海，在一個長形如椽葉的半島登陸，從此就一直窩居在遼闊而帶點荒涼況味的橡林裡，與彎彎的膠刀相依為命，半夜摸黑出門，靠一盞半明不昧的煤油燈引路，收集一滴滴乳白色的液汁度日，以至終老。

我的出生地，就是那片鋪天蓋地的山野叢林。我像一隻林間孤獨的斑鳩，在不停的嘀咕嘀咕聲裡，童年的歡笑，少年的煩憂，眨眼間全然在叢林裡悄悄流逝。

長大，一踏出校門就背起了行囊離鄉，但卻擺脫不了橡林濃密影子的罟網。帶著沉重的鄉愁和青春的夢想，我就在半島北部平闊的園林裡耗掉二十五輪春秋寒暑，還有風雨，還有汗滴。

那時的歲月觸鬚，被圈定於尺碼盡同的樹行空間，無論你平步多遠，不管你朝哪個方向探索，迎接你的是等距離的樹行，一樣的手掌、一樣的體高、一樣的顏容——下半截身軀刀傷累累，那是歲月滄桑的印記，如江湖賣藝人身上割了又割的脈痕，見了總叫人激起陣陣傷痛與不忍。

你知道我替橡樹作淺白的掃描，只有營營竄竄穿藍布衣的人群在樹下揮汗如雨下的橡林。我自己也難以詮釋，如何竟在一個鳥聲寥落、走獸絶跡的環境裡蹉跎歲月，一再重複自己的步履，看守一片刻板沒有變化的人造風景。守了四分之一世紀之後，終於有了解困的良機，離開那片四野平闊的橡林，一飛沖天，跨洋越海遠赴風下之鄉，伐木開荒，投入另一項農耕天地。也從那一刻啓蒙，我生命的旅程正式與黑暗的蠻荒接軌，一項須與禽獸日夜槍孔對望、相互仇視的工程。在經濟搖旗的前提下，綠色環保的呼聲疲軟乏力，於是鏈鋸聲震耳不絶，鐵履裝甲車呼天搶地，那是一支朝向山林衝鋒陷陣的精銳隊底組合。

接下來是耕地、育苗、移種。百獸的嗅覺最靈敏，開始歡天喜地，向別人以血汗凝成的豐宴張牙舞爪，貪婪肆虐。可可滿樹亮澄澄的果實，棕櫚潔白脆甜的嫩芽，令它們見之垂涎，走出荒原，徘徊園林。由牙鋒嘴利的山鼠拉開序幕，晝伏夜出，連秧在塑膠袋裡的幼苗也遭劫。待棕櫚逐漸壯長，前來叫陣的衆獸陣容更大，刺猬、野豬、猿猴、黑熊、大象，都是農作的摧手，我們農耕的天敵。尤其力大無窮的野象最令人束手無策，出場時總是呼朋招友，摧殘量猛烈驚人。大象們長長的軟鼻輕輕一卷，毫不費力，把棕櫚連根拔起當菜吃，如果幾十頭龐然大物騷擾了整夜，翌日一早你進入園裡，一定悲慟得搖首頓足、呼天喚地，心力交瘁拚出的心血毀於一旦。

悠悠歲月，那項農事工程，我與群獸作了五年堅持，晝夜嚴陣以待，互不相讓、各顯神通，獵槍、火把、弓箭、鐵籠、標槍、陷阱、鋼索，耗盡了所有高智慧、高難度技能，經過聚精會神、風雨不改的長期角力，始僥倖從困戰中突圍，喜見農作欣欣向榮，綠掌搖曳生姿，但自身已落得傷腦勞神、身心俱裂了！那悲涼蕭索的景象，不意又撩起我對江湖賣藝人身上累累胝痕的悸動，為了三杯粗茶、兩餐淡飯，竟落得那麼惘然無奈！

與走獸作了五年對視之後，我把生活之舟擺入了另一個渡口，找尋另一泓汩湧的源水。而後暮途沉沉楚天闊，急促倉皇之間，沿著南太平洋的空際一路探索，作了十餘小時的漫長翱翔，終於降落在一片島嶼星羅棋布的海洋大地，紮營岩岸。靠海而多風，近山而多雨。浪濤擊岸、螺聲貫耳，從此日夜與汪洋脈脈對望，傾聽潮水來來去去的訊息，很自然地，時而孵出以眼神丈量那一泓深藍的幻想。

這一趟，真正與莽莽山林和渺渺大海混成一體了。叢林隨著峰巒起伏的地勢翻翻覆覆、高高低低，每一步跨出，都是一次平衡身心的操練，輕重徐緩之間敲定了你的前程得失。除了小心翼翼，還得靠經常與山林接觸的土人探前顧後，始能對自己的雙腳寄予信賴，攀緣前行。五步一坡，十步一嶺，讀《文心雕龍》萬遍，也感辭窮以形容山勢的巔險奇峻。

開荒之前，必先視察形勢，作為未來發展的藍圖導向。所以，每天總得花一段時間在山林裡兜兜轉轉，把山嶺潭澤等地勢騰圖印在腦海，融貫於心，編成檔案，這些都是開荒闢野的前奏節拍。所以，其間穿越籐蔓盤踞的叢野，難免；橫跨亂石交疊的溪澗，也難免。回到靠海的營寨居所，身上一襲襤褸變作濕粘粘的汗衣。但是，每天我感到精神煥發、體能充沛！

山嶺縱橫、群峰重疊，是我駐足島國這一片熱帶雨林的最佳剪貼。有過與百獸經年原野對峙的記錄，甚至有日去五象的輝煌戰果，這一回，我有了更大的心理準備，擬作另一場堅韌的演繹。然而，幾乎尋遍所有叢林綠野，都不見走獸蹤影，頗覺吊詭，不明所以。其後或公事或旅行，也在其他島嶼蠻荒尋幽探勝、詢風問俗，猛獸在土人的印象裡竟陌生如天上神仙！

從事農耕，對山林走獸的敏感度確是忘食廢寢、嚴陣以待。每當夜深人靜、萬籟俱寂時刻，你美夢方沉之際，它們便伺機出沒，把棕櫚拔蕊挖心，大飽豐食，令你防不勝防。來到文明邊緣的群島，面對荒茫大地、隱隱叢原，初時猶豫不決。安頓身心之後，踱步曠野，發現原來腳下竟是一片澄明純潔的淨土，禽獸絕跡的人間天堂。於是，我全然紓解了對走獸的心理戒備，把一切搜集的刃器扔棄在陰暗的牆角，任其發黴。工作上感到身心愉快、步調輕盈。所以，雖是終日翻山越嶺、汗衣貼體，夜晚卻可以在濤聲的呼咽裡高枕無憂、恬然入夢。另外一項驚喜，這裡的山林雖無走獸，但卻常聞鳥聲，從曙光初露直到暮色蒼茫，吱吱喳喳、鶯鶯燕燕，宛轉靈巧，如歌似啜；有時是求偶式的雙音合奏，有時是失散後孤獨的哀鳴，總那麼地動聽，那麼地勾人心魂。

有道是：「近山知鳥音，近水知魚性。」與山林接觸多了，愚蠢如我竟也能辨音知鳥，有時乍聞啪啪的振翼聲起自叢林，還未傳來啼聲，即已知是鷓鴣、犀鳥、斑鳩、山雀或野鶴。從翅翼的震聲輕重、大小、沉著、長短，也足以判斷鳥族種類，甚至它們的體型大小。當然，啼聲是最易讀的分辨法。油棕專家約翰・迪更（John Duckan）有次接旨到島上傳藝，在叢林間作探測工程時，經常走走停停，忽而舉首仰望，忽而側身掩耳，卻原來他在聆聽鳥啼，在鶯歌燕語中神怡自得。從而我才知道，約翰・迪更不止滿身農藝，還是一名鳥學將才，難怪乎他一入叢林即神色歡愉、耳目迭忙。從獸絕人空的莽莽裡，他四處尋找飛翔的知音。啼聲尚在遠處樹梢呼嚕呼嚕，鳥影猶未現形，就聽到他興奮高嚷，「哪，是灰色的野鴿！」一會兒又傳來，「這次是赤色鷓鴣！」緊接又是一句驚歎號：「啊，白頭的禿鷹！」才半枝香光景，他數了十餘種禽類，而多種鳥族對我是陌生的初聞。

山林原本是一本豐實繁茂的活頁書，百科雜陳、包羅萬象，耗盡終生也無法翻完。由膠林起步，然後可可，踏入棕櫚，在不同的層面裡轉轉折折，旅途有坦蕩有險峻，日子也歡悅也悲涼。無論生活的指南針將我引向哪個方位，總逃離不了蠻荒山林所佈下的天羅地網。從懷著夢想的青年到髮白鬢霜的垂暮，一路走來，儘是滿途風霜半生流離。四十年來家國，八千里路河山，總在綠色陰鬱的山林裡斟酌鄉愁，傾聽荒茫曠野的呼喚。中秋的圓月掛在故鄉的屋簷上，遠的不是距離，亦非空間，而是像晚霞將褪時的心境。倘若生命注定了我與山林是緣定終身，也絕無反悔。只恨近乎半世紀的積極修煉，步履蹣跚中，我從山林吸取的養分只是浮面的點滴，對農事也總不能耕深，想起不禁汗顏，真愧對它的諄諄善誘！

某日曙光初露、晨曦揭曉，我把車子停在潮濕泥濘的路旁，獨自攀上一個峻嶺，凜冽的山風呼呼刮臉，令我精神振奮不已。眺望遠處，是灰濛濛的內海，貼近內海的是遼廣的林野，一片蓊鬱蒼茫，似有若無，隱隱約約，因為被縷縷的輕紗虛蓋著。我難辨別那是山嵐的圍巾，抑或霧靄的霓裳，裊裊繞繞，縹縹緲緲，我霎時被這山水畫似的景色眩迷了，於是趕緊飛奔下山，驅車回營拿相機，想把如真似幻的奇景變成永恆，但是，當我重回山嶺，山嵐霧靄經已散盡，金黃亮麗的旭陽下，曠野早一片清明澄潔。我只有輕聲一歎，山林景致也瞬息萬變，何況是滾滾紅塵的人生！時間的鐘擺不分晝夜，不經意的我在群島的山林又聽了五年蟬鳴鳥唱，在伐木與植林之間，我不斷地調整自己的思路。

同樣是濃密繁茂的熱帶雨林，群島與風下之鄉自成不同體系與風姿，剔除走獸蛇蟲不談，林木的高矮粗壯、堅韌輕重，形成了迥異的多種類別。我仍在翻閱山林這本活頁書，企圖挖掘到閃爍的結晶體，而不是粗石。許多生命隨鋸木聲倒下，清理之後，另一種綠在陽光雨露揉拂下自沃壤中冒起，換作另一種叢林。在這文明邊緣的疆土，思想意識的落差造成工程運作上的遲緩，我無法點算自己能撒播多少顆種子。雖然信仰與意志仍在搖旗吶喊，一路助威，決意要在這落後的疆域建造繁榮，改變形勢，但每日息鼓收隊之際，踏在彩霞墜落的路上，我發現自己的腳步已蹣跚。有操作後的身心勞累，怕更多是垂暮和蒼老。

——結束飄泊的日子，作別山林吧！我彷彿聽到聲聲召喚，自萬里雲山外飄來。

冰谷在索羅門群島的熱帶雨林（圖／冰谷）

百年橡樹，眾裡尋他千百度

故鄉的地貌風物，經常成為我飄泊中的咀嚼滋味。根落異鄉以後，那裡的一景一物、一山一水，依然是我夢囈中頻頻呼喚的名字。

提起小城江沙，很多人都知道她是一個地枕霹靂、江沙兩河交匯點，水深魚肥的河域形成的三角洲，稱得上物阜民豐，連州蘇丹的宮殿也巍然盤據在城郊附近高崗上，遠眺著日夜蕩漾嗚咽的長河。

說地貌風物，堪值誇耀全國、垂名歷史的，該是她懷裡超過百歲今天依然風雨不倒的老橡樹。小城江沙是國家橡膠的發源地，橡膠王國的顯赫形象，從這裡傳開，成為開枝散葉、繼往開來的世代農產基業；不僅睥睨邦國，更傲視寰宇，也為各族子孫造就了一項經濟輝煌！

坎坷的童年時代，父母長期從事割膠工作，我們的居所就在濃蔭綠影的橡林裡。那是一間年久失修的木板屋，靠近霹靂河岸，靜夜裡泱泱的水聲在夢裡依迴。十一歲那年上學做啓蒙的超齡生，即是從這間老屋出發，一路盡是搖曳生姿的橡樹相隨，步行六、七里山徑見到蘇丹宮殿，腳板才感受到柏油馬路的舒坦暢快。

這時橡樹消逝了，陽光滿地。經過聳立斜坡的宏偉回教堂，前面延伸著一個三叉路口，左邊馬路不遠處，路旁被四、五棵毫無秩序的橡樹所盤據，看樹皮知道沒有被採割過。

「是幾棵徒長樹！」每次上學回家經過時，我心裡總是這樣想。這是一個啓蒙學生對橡樹的表層認知，無法與歷史融成任何聯想。然而，出生在鄉下的我，對一般密植成行的橡樹並不陌生，那些沒有膠汁的枯皮樹，全是失卻經濟價值的「徒長樹」，枝葉特別蒼茂，因為很少遭受無情的刀傷。

上學的時候，那幾棵路旁的橡樹總是和我打照面，像憐惜我長途跋涉的艱苦；又因為是一步步緩慢走，有意或無意地，我對橡樹似乎作久久的注目禮：樹幹比起我一路上看見的粗壯，表皮疙瘩累累，葉冠分佈廣闊，似乎高入雲霄。我常常邊走邊思索，究竟是誰那麼愚昧，一番心血浪費掉，把幾棵橡樹胡亂地種在大路旁，要割膠嫌樹太少，只能讓小鳥棲息練唱歌或松鼠追逐嬉戲的空中競技場。

不久，因時局變化，我們被迫搬離橡林，遷入新村，橡林與我們的家居拉開了距離，但路程增加的負擔，並未割斷那些橡樹給我們的溫飽，我們依然踏腳踏車經過十多里路回到原點找米糧，那是我們一家僅有的依靠。所以，王宮、回教堂，還有三叉路口那幾棵蒼老但健壯的橡樹，始終沒有在我的瞳眸中隱逝，只是次數減少而已。

初中那年，有一次讀到馬來亞是橡膠王國的課文，長期間在橡林奔跑的我不由一喜，也消除了割膠為卑微行業的心態。

我國能享有世界樹膠業霸主的聲譽，居功最大的是英國人亨利．威康（Henry Wickham）。他在一八七七年把二十二顆橡膠種子從巴西試種在新加坡的植物園，又將一些帶進我國，選擇下土的地點竟然是我出生和成長的小城江沙。

對這一課老師沒有驚喜，卻驚起了我對橡樹的重新定位，我一家長期廝守的橡樹，在國家發展的旅途上列入世界的名榜，是何等光榮的一件事啊！可惜，讀本對種子的移植只輕輕帶過，小城範圍廣闊，那幾棵深具歷史意義的橡樹究竟落根何處，課文沒有說明，老師也不去理會，卻成為我私自探索的對象。

我明查暗訪，沒有人可以解碼。一天有位學長提議：何不去市政廳一問，可能有記錄。果然被我問出來了。

「就在隔鄰建築前面，掛上文字說明的就是了！」我按指示走去，見到了，但只是一棵，蒼老而孤傲，伸向天空的葉叢展示著一種不屈的精神！

——不對，怎麼只有一棵？書上白紙黑字寫明是幾棵。

於是，我又再回頭向職員詢問。他沉默了一會兒，開始找檔案。翻閱了一陣，眼睛終於被一份文件凝住了。

「呵，還有幾棵，種在去王宮半路的三叉路口。」沒等他說完，我道謝一聲就輕鬆地走了。

踏破鐵鞋無覓處，心中四處尋找的歷史蹤跡，不就是童年時天天與自己擦身而過的那幾棵橡樹嗎？「衆裡尋他千百度」，驀然回首，卻原來我們是舊時相識。只因為缺少一份證書——樹身沒有文字牌子，使彼此浪費許多歲月才相認。

這幾棵分隔兩地的巴西原生種橡樹，是我國千千萬萬橡樹的母親。雖然它們都是外來客，卻繁殖了豐產而健壯的下一代，不僅植根在這裡，也帶旺了這裡的經濟成長。

橡樹創造了奇蹟，我的故鄉則創造了橡樹的歷史！

父親的老爺腳踏車

父親以擁有一輛腳踏車為榮，那也是他終身唯一的財產。曾經伴他走過諸多風雨，無限窟窿的兩條膠質輪子，花紋磨損了又再更換新的，永遠為了父親趕路而緊密地滾動，滾呀滾，從青春的歲月滾到父親滿頭白髮、兩鬢皆霜，佝僂的背弓成了駝峰。

遺憾的是，滾動了幾十年，腳踏車那兩條輪子始終沒有給父親滾出一幅美景，或者帶給他生活上一個花紅柳綠的春天。因為除了更新輪子，那輛腳踏車伴他直至終老。腳踏車的組件沒有更換，甚至於車身的漆被歲月涮淡了，後來剝落了，父親也從沒有為它包裝過。頂多，久不久在滾動的鏈盤滴點滑機油，讓盤齒與鋼鏈對咬時減少刺耳的嘈聲。

我的父親年齡比母親大了三十歲，我又是晚生兒，所以當我出世的時候，父親已經五十開外了。到我稍懂人事，父親因兩眼長膜，視覺不清，一直賦閒在家，無聊地猛吸他的長竹筒煙管——竹筒煙管裡骨碌骨碌的水波，是喚起我童年對父親記憶的鈴聲。一生庸庸碌碌的父親，曾經是礦工，推過泥斗；曾經是膠工，爬過梯子（割老樹）；也曾經是耕農，種過番薯、木薯和粟米。蝗軍南侵時代，我們落戶偏僻的荒區，好長的一段日子，全家沒有嗅過米香，這些卑微易長的植物成為我們的續命湯。父親用他那輛腳踏車，一籮筐一籮筐把這些土產從芭地裡推回來——盛滿土產的籮筐疊了好幾層，太沉重了，山徑彎曲崎嶇、凹凸不平，腳踏車是推著回來的，一路晃晃蕩蕩。赤膊的父親額頭汗滴簌簌流下，雙手按緊腳踏車彎曲的扶手，小小年紀的我跟在後頭，看見父親努力的雙手，菩提樹的根虬縱橫交錯在他臂膀上長著。

看著看著，我幼小的心靈像母親用鹽揸出的苦瓜汁，充滿了苦澀，還有辛酸。

父親的腳踏車，年齡比我還老。當我張開眼睛看塵世，那輛腳踏車早已陪伴父親走過許多坎坷的人生路。腳踏車也比母親先踏入我們的家門，因為工作往返的需要，父親最早把積蓄換來的伴侶，不是母親，而是鋼枝撐起兩個輪子滾動的一架鐵馬，後來才用這架鐵馬把母親迎進家門，養下了一窩嗷嗷待哺的「娘惹」與「峇峇」[3]。

所以，父親和母親是名副其實的一對白髮紅顏。但憑媒婆的一張口，一張過時而陳舊的相片，一個年華似水的鄉下少女，竟然把終身幸福典當，從廣西的窮鄉出走南洋，闖進了家徒四壁、僅存一輛老爺腳踏車的柴門。每天頭上繫著一盞煤油燈，在大地沉睡的時刻摸黑出門，以一把膠刀去喚醒每一棵任由宰割的橡樹。

父親做過許多勞動行業，終老時依然兩袖清風。腳踏車，如果也能算作財產，那麼那輛破舊的老爺腳踏車就是他擁有的唯一財產。父親身材魁梧，他那部特高的老爺腳踏車，全村裡沒有人能騎，所以從來沒有人向他借過腳踏車。家人中堂哥騎上去雙腳踩不到踏板，身材嬌小的母親和姐姐更不用說。

當我六歲那年，我開始跟母親到膠林學習割膠了。那時候，父親因眼睛長膜影響了視線，無法繼續勞作。他的腳踏車也隨著他閒置，被冷落在屋旁蒙塵。父親用一條粗繩把腳踏車栓緊，銜接在牆角的梁柱，因為怕腳踏車翻倒壓傷我。頑皮的我常趁父親不在時，用手轉動腳踏車的踏板，聆聽車輪轉時縱橫交錯的鋼線發出的聲響：

——唬唬唬……

——唬唬唬……

踏板轉得愈快，唬唬唬的聲響愈緊密。我聽得很過癮，心裡奇怪父親踩踏腳踏車時我從來沒有聽過這樣的聲音。後來長大了，自己也學會了踏腳踏車，才頓悟原來踏腳踏車要費很大的腳力，快到飛馳電疾車輪的鋼線才會發出這樣的聲音。

賦閒在家那幾年，父親的日子過得很沉悶。偶爾會到幾哩外的小鎮散心，但都是徒步，由於長期不用，他似乎已把那輛栓在牆角的腳踏車遺忘。父親在小鎮出入了幾十年，熟絡的親友很多，有時趁機在小鎮留宿三兩天，把身上的鈔票散罄才回到橡林裡。

有一次，父親又悶慌了要上小鎮，過了五天都不見回來，他從來都不曾逗留過這麼久，母親慌張，放下割膠的工作趕去小鎮到處打聽，親戚朋友全找遍，就是沒有帶回父親的消息，全家上下都愁眉苦臉。

兩個星期後，父親突然回來了，臉上掛著一對黑色眼鏡。原來他悄悄地到怡保中央醫院去動手術，割除眼膜。他興奮地告訴我，不久眼球習慣了光亮，不必戴墨鏡，他又可以過正常生活了。

果然一個月後，父親又重握膠刀了。他最先尋找的是他的老伴——那輛被冷落在牆角好幾年的老爺腳踏車。他把腳踏車推出門外，用水滌除車身的塵埃和蜘蛛網。我第一次目睹父親清洗腳踏車，臉上充滿了喜悅。多年我不曾見到父親那麼開朗地笑過了。

遺憾的是，父親畢竟是年紀老邁，動作緩慢，同時所割的又是老樹，要架梯子割高位，所以他的收入也僅足夠自身開銷，對家庭經濟產生不了作用，我們依舊是家徒四壁。

父親的腳踏車雖老，卻在入學那年發揮了最大的效用。不是用來載我上學，而是就在那一年，我們散居在橡林裡的膠工全部被逼遷移新村。橡林裡沒有公路，車輛無法通行，腳踏車是唯一可以在丘陵起伏的山徑上通行的爬山虎。我們家裡的桌椅、凳子、床板，廚房裡的炊具和盆盆碟碟，都是靠父親的老爺腳踏車送到十幾里外的新村裡的。

當年，父親是我們家裡唯一會騎腳踏車的成員。逼遷後，不懂駕馭腳踏車的母親、堂哥和姐姐吃盡了苦頭，最後也迫得與腳踏車為伴。

有段日子，我在新村念小學。星期日天未亮父親就叫醒我，要我幫忙割樹膠，假期也不例外。父親的老爺腳踏車不只特高，載貨的後架也特別寬。他把一個裝膠液的大鐵桶紮在車架末端，留下一點空隙讓我坐。出門時鐵桶裝著我們的午餐、白開水，還有割膠刀、膠絲袋等。

我的坐姿很曲扭，雙腿被車架擋開，不能自由伸縮，雖不致於僵化，多少感到有些不爽。父親跨上腳踏車板踏時，他坐在凸起的車包上，我就夾在鐵桶與父親身軀之間，不但可以嗅到父親的汗騷，甚至微微聽出父親努力踏腳踏車的呼氣。

出現在五十年代的老爺腳踏車（圖／林文慶）

那時父親已經七十有餘，氣力顯然不比當年。許多踏腳踏車去園地的人，從後面輕騎追上來，「唬」一聲趕到前頭去了，父親還是循著大馬路，不慌不忙、慢慢地以瘦削的雙腳翻動踏板。車輛疾馳而過，尤其是大型卡車，父親常把腳踏車閃到路旁草地，扶手左右搖擺，坐在後頭的我不免心驚膽顫，但父親依然那麼淡定自若，全神貫注，一板一板地努力踩踏。我想他唯一的心念就是快點到達目的地，完成他的工作。

那年我十一歲，坐在腳踏車貨架與鐵桶之間，第一次近距離發現父親佝僂的身影。

那身影一直在我心田長高。

註釋

[3]「娘惹」與「峇峇」是馬來語的音譯，指十五世紀初期定居在馬六甲、印尼和新加坡一帶，來自中國明朝的移民與當地土著通婚產生的混血後裔。女性被稱為「娘惹」，男性則叫做「峇峇」。

陽光是母親溫暖的手

終於鼓足勇氣，舉起手杖踏出門檻，到對面園地享受朝陽溫暖的輕撫。自身體出了狀況，足不出戶窩在斗室，循環踱步的範圍猶如一隻舴艋舟，連想飛的思維也受困於這片天地。

病後第一趟置身在藍空下，舒展胸懷，面對雖是小小的一片草綠和菜香，但有鳥語啁啾，有陽光伸出的手像母親當年一樣溫暖，這就令我心滿意足了。

以目前搖擺的病況，想接近陽光身心與腳步都要加倍努力投入鍛鍊。這期間我仍需要多一份肢體的支持。

如果手杖也算是我肢體的一部分，那我是倚賴三隻腳挪移身體的，一拄兩步的姿態當然欠雅與艱困，但我總不能日復一日對著陽光頻頻招手而不嘗試走進它、攫取它。

凝聚所有的勁力，不管步履蹣跚，嘗試蹬過去，進入園地，青綠在這裡，陽光也在這裡。

撒在身上的陽光暖洋洋的，感覺真好。我要釋放心情盡情接納那溫暖，把光和熱注入體內，化為能量，驅走侵犯我的病魔。

對準家門這片園地是我退休後的經營，耕耕鋤鋤不過換來幾類平常蔬菜瓜果，說放眼經濟效應，不如說我藉運動以親近陽光，這早成為我一路來的生活堅持。

太陽，那過去長期間免費提供我無限的能源，我常常視陽光如母親溫暖的手，觸及我身體時化為一種關切的慰問，感恩中不禁令我怦然心動，人世間還有什麼像太陽那樣耗費自生的能量而無期限奉獻的呢！

一種不記俸酬的付出，卑大地萬物獲得生機、成長、開花、結實，讓生命的過程充滿溫馨同喜悅。

職場摻揉著志趣，幾十年來的人生歷練把我塑造成一個背著陽光走路的人。像時鐘的長短針，永遠依循一種規律，起床時大地昏沉，出門時曙光初露，目送夕陽歸去才步履蹣跚敲叩柴門，坐等一頓飯香。不管為橡樹、為棕櫚、為可可，我掙扎走過的歲月，曾經都有陽光為我呼喚護航，在險峻處給我鼓舞，在黑暗裡給我亮光，在酷寒時給我溫暖！

一個長期間被陽光關切眷顧的人，應該是一個健康和幸福的人。意外的是，不幸的我竟然被迫與陽光隔離，每天無奈地守在窗口下，瞭望旭日冉冉升起，又目送夕陽嬝嬝落下，卻無法擺脫中風的咒語，讓陽光繼續在藍空下遍吻我的體膚。

告別陽光，眨眼竟然兩個多月了，真的難以形容再次投入溫暖的感覺，是欣慰、是振奮、是愉悅。享受陽光愛撫的同時，我倏然憶起，母親遠去已經廿年了，她手中那團無限關切的溫煦，在我體內仍有裊裊的餘韻。

習慣了被陽光慰問，隔舍就形成了思念，像永遠記掛著的母親溫暖的那雙手！

索羅門群島過聖誕

真正被濃烈聖誕氣氛感染的，是飄泊索羅門群島那段日子。國困民窮、資源不足使索島常期陷於經濟惡夢，國民缺乏基本的免費教育。因此，教會承擔了大部分偏遠鄉區教學，鄉村裡的教堂成為村童的學校。經年累月，孩子從小即接受洗禮，潛移默化信奉了耶穌。絕大部分國民都是教徒，教會教堂遍佈各島嶼。

因此，索島也像西歐國家，聖誕節成為全年中最盛大的佳節，從平安夜開始直落至翌年新年，長達整十天列為全國性的公假；政府機構、學校、銀行都掛起休假牌。聖誕鈴聲、伯利恆之歌從各地的教堂、電臺、商店悠然響起。百貨商場更加喧嘩，無不張燈結彩，替聖誕粉刷得五顏六色、亮麗繽紛！

索島的京城荷尼拉，不是大城市，卻有四間娛樂賭場，一到夜晚就魅力四射，聖誕一到更是應景添裝，土人一年辛苦掙來的花紅和薪酬，聖誕過後就變作賭場的財產了。升斗小民只剩下空空的兩手，再勞役經年期待另一個聖誕老人的禮物了。

因為機票落空，有一年聖誕我是在山寨裡度過的。想不到，我因此享受了一次意義特殊的聖誕，成為今天一再咀嚼的記憶。

原來島民歡度聖誕，城市與鄉村各有不同的方式。鄉民在聖誕前幾天，就組成了唱詩隊，沿戶唱聖歌祈求平安。通常接福者也報以獎賞，以金錢居多，累積的金錢作為教會的活動基金，除了山寨的唱詩隊，鄰近的鄉村也有相同的團隊，黃昏時分划著獨木舟到來山寨頌詩，直到平安夜才收隊。

那年對面島的唱詩隊知道我留在營寨過節，非常高興，執意邀我與他們全村共度聖誕，還說他們籌備了一個盛大的燒烤會，全村大小百多人參與，情況隆重。流落索島多年，我知道土人好客，尤其是外來客，如果拒絕盛意的邀請是對他們不敬，含有蔑視的意味。

聖誕那天果然大清早有人來叩門，兩位對面島的工友說汽艇泊在渡頭，準備載我去參加燒烤會。

燒烤在竹林中進行，一條清澈見底的小河從這裡潺潺匯入大海。從祖先開始溪流就是村莊的生命，那是村民食水的來源。這時大家都忙著準備食物，除了魚蝦是現場燒烤，其他番薯、木薯、芋頭等土製糕餅全是各自製成後從家裡送到現場的。此外，還有水果，香蕉、木瓜、水蓊……沒有一樣不是土產品，卻又是那麼齊全豐富、多彩多姿。

那次讓我發現，原來歡慶聖誕節在索羅門群島，城鎮與鄉村的落差懸殊。沒有啤酒、不進賭場，平平靜靜聚集在一起，互相祝福，共同分享捕獲的燒烤，自製的土產糕餅，自種的果類，聖誕過得更加實在而有意義！

那棵植根赤道的棕櫚

兩袖清風的耕農，如我，手中那把鋤頭是唯一的資產，哪裡種樹就往哪裡鑽，所以半生驛馬江湖，四處飄蕩，為別人植樹造林，三餐堪足溫飽。

有人說這樣的人生，很苦，我卻甘之如飴。

真想不到，這種粗淺的植樹勞役，在文明邊緣的島國，竟贏獲了響亮的掌聲。那個從世界地圖尋找只像幾點潑墨的島國，就是飄浮在南太平洋的索羅門群島。

那時詩人莊延波在群島的山林裡坐鎮，號令三軍，公司要開拓油棕種植，教我把植樹的藝能轉移島上。

——我能嗎？我一再反問自己。手中那把鋤頭確是舞了幾十年，但從未離開過國土。

——哪一個學藝的不是跨出了國門，才發揮更大潛能。電話那端傳來莊延波的聲波。

除了勉勵，他還代我安排了行程。於是公司連考試都免除，即把我挾持過去了。十多小時的飛行，再兩小時汽艇追波逐浪，在一個濤聲喧嘩的山寨裡駐紮，開始對島民灌輸種植、推銷國寶——這種既耐風雨又耐日晒的綠色棕櫚。

熱帶棕櫚在馬來西亞，普遍得像一望無際的橡樹，且成長迅速與蒼綠茂盛，總把橡樹壓在後頭。橡樹流出的乳液，是我們享受不盡的工業材料；棕櫚果串榨出的油脂，乃飲食加工不可或缺的配對。我國兩大農業資源的製成品盤據世界市場，連索島城鎮的大小商行都留位給這些產品。

但是，距離我國偏遠的島民，初會棕櫚這種植物，好奇中帶著存疑。

——這麼一顆小小的種子，三年就長成大樹嗎？

——真神奇，幾十公斤碩大的果實能吊在樹上！

連串的驚嘆號，要用很多口舌始能化解。幸虧不久，公司和州政府簽署種植協約，《索羅門星報》一連四天全版圖文並茂介紹大馬油棕，電臺也每天播放消息，使棕櫚根未入土民衆先刻下了印象。

真可謂驚天動地，一份普通的種植簽約竟由索島首相主持，在國會大廈舉行，各部長、州長集體出席。我最為尷尬，以為身在深山野嶺，出國只輕裝布履，遇到大場面，向同事借大衣領帶皮鞋，才湊足體面赴會。一名手執鋤頭的耕農，第一次有機緣與國家首腦對話，商議油棕的種植和用途，趁機把國產向異國推介，尤其是貧窮落後的島國，協助他們利用土地、增加耕作、改善生活；公司投入的是資金，我則以一把鋤頭、半生的藝能融入當地文明邊緣的社會。

這次簽署儀式隆重宣傳，開拓棕櫚業被譽為一項國家重點發展工程，棕櫚搖曳生姿的形象於是深入了民間，是大馬公司進軍索島木業以外另一領域的探索，一時間成為各階層茶餘飯後的話題，也同時激起了大型種植的風氣。

種子在苗圃裡成長，迅速健壯，更令我驚奇的是雨量充足調和。我佈置的灌溉系統不曾啓動過，綠油油的棕苗便足可移植了。

開墾、清芭、築路、造橋，一切耕地運作均按步就班籌劃。我亮盡所學，不敢馬虎。當舉起鋤頭掘土，把第一棵棕櫚在異鄉的沃土裡落根時，我難以描繪內心那股奔流的激動，彷彿是一個懷胎十月的嬰兒呱呱墜地，傳給母親的欣然驚喜！

一個手握鋤頭的耕農，足以為自己國家作出的宣揚，除了微不足道的植樹藝能，別無其他。能讓綠影婆娑的棕櫚在太平洋彼岸的島國植根成長，而且開花結實，卻是出乎我意料的夢想。

棕櫚的種子雖然細小，但具有破土茁芽長成大樹的毅力。我常對同甘共苦的島民說：「馬來西亞也像索島，是個小國，但卻是赤道上一棵堅挺不拔的棕櫚，在風雨中成長，在驕陽下開花結實。」

家夢有多遠

家是避風港。家是安樂鄉。家是幸福園。家同時也是溫暖窩。

這是大多數人對家的聯想。為了一家溫飽，我數十年飄泊，在一個異鄉客眼中，家不過是燕子倦旅歸來的暫憩窩。經常蓆猶未暖、床被微溫，又得背起行囊，披星戴月，重返職場，繼續未完的飄泊旅程了。

家，雖然溫暖，值得眷戀，卻變作我一年一度歸來度假歇腳的地方。最常選擇的日子是臘月杪，用幾張機票銜接成一條雲靄瀰漫的空路，歸來與親人共享團圓飯的溫馨；趁機誦讀歲月在妻子臉上折疊的魚尾紋，測量孩子一年來的體重。

職場無限，歸來有期。一年掙得放假三週，可以在自己的屋簷下逍遙，貼近親人，傾訴離情，那彷彿是無上的享受了。

飄泊的日子耕耕鋤鋤、身不由己，抽身回來就趁機吁幾口新鮮空氣，作短程旅行，起碼一週天，加上走親戚、訪舊友，七除八扣，實際上在家的時日不過兩週。所以，遇見左鄰右舍的孩子，常有「客從何處來」的尷尬。

「很遠，是來度假的！」有時這樣回答，帶著自我調侃意味。

這個家，耗盡心血營營碌碌打造出來的避風港，白墻綠瓦、瓷磚地板，一磚一瓦都是我長期飄泊所累積，用人生最寶貴的親情溫暖轉換的果實。

有時親戚到來，語帶羡慕地說，「很舒適的環境呀！」他不明白，我以多少牽腸掛肚作籌碼，兌現一幢平凡不過的居所。所以問我家夢有多遠，若用四張機票連起來，航線有多長，我的家夢就有多遠！

遺憾的是，早歸的雙親只能在神龕上感受這遲來的環境，藉裊裊的清香與子孫們溝通。

遂夢到五〇年代，母親建造的那個家，在橡樹林裡的一片草房。我九歲那年，第一次不必寄人籬下。一個弱質女流，連同我的堂哥，以雜木作棟梁，亞答蓋屋頂，灌木紮圍牆，兩人兩雙手，敲敲打打就把一個「家」撐起來了。

童年的這個家，雖然簡陋，但卻帶給全家無限溫暖，大家擁在一起，門戶日夜敞開，下雨才關閉；出外大門也從不上鎖，僅虛掩著，但卻很安全，從不擔憂宵小作客。

這樣溫馨而值得眷戀的一個家，可惜只住了兩年便遭踐踏、摧毀。英政府實施搬遷法令，我們被逼離開橡樹林，移入鐵蒺籬圍困的新村裡去，從此失去自由，終日在倉皇失措的陰影裡兜轉。

歲月如歌，日不閂門夜不掩戶的家夢隨童年遠逝了。今天自己打造的家園，水泥鋼骨、鐵花門窗，依然成為宵小覬覦的箭靶，於是又想起了防盜鈴的功能。

夜能安枕，是人生最大的企求。還是遠去的家夢最堪憧憬。

龍珠果煥發的光芒

正當榴槤身價漸褪、少人問津的時候，龍珠果遂像旭日初升，以萬丈光芒降臨大地——來到了赤道熱烘烘的大馬。

也許大家都知道，龍珠果並非土產水果，而是外來移民，卻長得明艷照人、色澤韡潤，嬌滴滴人見人愛，煥發著少女初赧的柔美與香醇；從外表摩娑，經已明潔四射，魅力難擋。

成熟後的龍珠果，色味俱全，白的雪白，紅的鮮紅，味道都無比清純香甜，輕輕以小刀切開，用湯匙掏來吃，有入口即融的柔軟感。

如果出外野餐，一時無刀無匙，不要緊張，兩手抱著龍珠果，將皮輕微一撕，整顆混圓的果肉就呈現在你面前，任你

結果累累的龍珠果（圖／農牧世界）

嚐、任你啖！如果是吃榴槤，必定要用刀，而且非鋒利的柴刀不可。

龍珠果的果形，的確像龍珠，所以名副其實，但偏偏有人唯恐天下不亂，喚做火龍果，把圓形的果叫成一條龍，不倫不類。華人熟悉龍，也尊敬龍，當然熟知龍珠為珍貴物。

原屬沙漠植物的龍珠果，分佈地區極廣，西方國家把這種仙人掌科的水果喚做「Pitaya fruit」，我國最先入口的龍珠果來自越南，白肉的，有時買到帶酸的，因為沒有完全成熟即收採了，為著趕市場。

據說，越南龍珠果的種植面積達到七十萬公頃，真是個教人驚嘆的天文數據！現在除了越南，泰國的龍珠果也現身果攤了，跟本地的產品爭寵。可是，請別誤會越南是世界龍珠果種植的老大，老大是中東的以色列，一個經年動亂的小國。以色列的龍珠果產量佔全世界的四六%，幾乎佔去一半，這才令人驚詫！

龍珠果在本地落土生根，才五、六年光景，算是新興的農作。起初屬探路，因為對風土適應、食客胃口不甚了了；另一方面是投資大，種一英畝龍珠果要花三到四萬令吉，才望有收獲。這還沒有包括土地的投資在內。這個數據可種植十五到二十英畝的油棕了！

後來耕農發現，本地土壤適合龍珠果生長，市場消費也積極成長，尤其是紅肉的品種，更是本地食客的最愛，直到今天產量還不足以應付需求，所以價碼驚人，成為水果類的新寵，廣受歡迎，身價如坐直升機，還供不應求。於是，龍珠果產品的開發，隨之而生，罐裝飲料、果醬、醇素、紅酒，有如一陣陣旋風，源源推出市場。

龍珠果紅酒，我曾經喝過幾次，品質參差不齊，新年前朋友送來一瓶，是南馬的產品。我對酒類的品嘗能力有限，剛好臺灣的著名詩人林煥彰到寒舍，我知道他在對酒類頗有心得，特地請他一試，他連聲讚道：「不錯！不錯！」我欣賞詩人卓絕的詩藝，也對他的嘗酒功力深信不疑。

大馬的龍珠果價碼，紅肉的和白肉的相差一倍，因此農家競相種植紅肉品種。許多食客都異口同聲，覺得紅肉品種紅中帶紫，不只色澤鮮艷奪目，同時風味特殊，富於口感；把它擺在神龕，當作供品，姿彩一樣符合華人的傳統觀念。

去年清強和我聯袂出席海南省三亞舉行的一項國際文學會議，發現海南的熱帶水果種類繁多，而龍珠果也同臺亮相，價錢也比我們這裡便宜；令我驚奇不已，紅肉和白肉身價平等，可見當地食家不特別挑剔色澤。不過，我覺得，天然的紫紅色的確給製造商提供不少方便，至少，消費人避開了吞吃有毒色素的危險。

龍珠果的身價不凡，農友趨之若鶩，幾年來種植面積迅速增長，目前據說已超越兩千公頃。可惜，自去年開始，全國的種植地感染了一種爛莖病毒，傳染迅速，同時迄今尚未有撲滅的方法，一些園地的龍珠果已腐爛枯死，血汗付之東流了。除非研發了新藥，突破了這個瓶頸；不然，病毒將成為耕農揮之不去的陰影！

原本光芒四射的新種果類，因病毒的出現，在衝刺上拋下了一顆逗號，幸虧還不是句點。

媽媽的韭菜蛋

媽媽離開塵世已經廿多年了，她手煎的韭菜蛋依然令我終身難忘；那麼清淡、那麼簡單、那麼普通的一道菜餚，竟不時繚繞著我的味蕾，歷久不散。

目不識丁的媽媽，自然沒有翻閱過什麼食譜，我想她的廚藝是早期貧寒鄉下婦女的傳統歷煉，隨著她飄洋過海流傳到我家的爐灶，陪伴我們度過幾許荒涼流離且動蕩不安的歲月，直到終老。

歸隱那年，媽媽不過六十四歲。如果不是末期腸癌，如果不是醫生誤診，媽媽至少可以活到八十歲，或許更老。因為媽媽身體素來健康，平時又愛勞作，鮮少病痛。替媽媽診病的女醫生，說她大便出血是內痔，內痔乃普通病。「不礙事」，她說。到專科醫生發現時已太晚，藥物罔顧了。

媽媽二十左右過門我家，父親那時已經四十出頭了（我還未出世，不清楚父親髮白了沒有）；進了門，縱使有千種無奈，都只好認命了。媽媽收拾心情，默默耕耘，靠手上一把膠刀，打造一個新家。在近乎半世紀的悠悠時光裡，無論是僻居橡膠綠林、小城郊外、田野邊緣，或後來伴我北遷，落足廣袤遼闊的園坵，除不忘隨身攜帶一把膠刀之外，也不會遺棄她那把磨剩半截的舊鋤頭。因為每天割膠回來，午餐一陣歇息之後，那把舊鋤頭就成為她舞動的工具：在屋旁尋找一小片空曠的土地，種植一些賤生易長的瓜果蔬菜。

也許從前媽媽在鄉下自小農耕，習慣了雙足天天沾染泥味，雖然轉換了膠刀處處的綠色環境，青春年少時握慣了的圓形木柄，一鋤一翻、汗珠簌簌的情節依然是她心中嚮往的主題。這種因環境演化出來的操作趨向也隨她飄落南洋，我們林家有福氣接過這項淵遠流長的優良傳統。於是長期喝橡樹膠乳成長的我們姊弟在貧困的人生旅程中的餐桌上不缺綠色蔬菜的養分。這多虧媽媽天生的勤奮拚搏，和一份廣西婦女秉持的剛強沉著。

雙親搬來園坵後，僱主換過一幢半獨立的高腳板樓讓我們安身。三幢英國時代的板樓住著五、六家園坵職員，以我們住的一幢最近河畔；打開後窗，不到三十呎就是潺潺而流的河道，每當雨季慣例都要咆哮幾回，洪水淹上樓底，把媽媽一鋤一翻培植的心血沖滌得蕩然無存。但是，媽媽從不嘆息也不氣餒，洪流退後，割膠回來，她又再掄起鋤頭，一鋤一鋤地翻土。

有一種菜，不受洪水影響，就是韭菜，葉形細扁、簇生如蔥的韭菜。因為韭菜可以像種盆栽一樣，培養在瓷瓮裡，將瓷瓮墊在鐵架上，就可以避過洪流了。媽媽雖然沒有受過教育，卻也懂得隨機應變，短期收採的蔬菜根紮泥地，而把韭菜種在盆瓮裡。雨季來了，其他瓜果蔬菜就暫停播種，讓韭菜獨享一片天地。

媽媽常常說，韭菜屬於苦命菜，割了又長，長了又割，循環不息，所以很少見到韭菜開花，韭菜等到開花就老化了，不能食用了。韭菜因為命長，要謹慎保養，所以媽媽從不讓別人去割她種植的韭菜。原來割韭菜也有竅門，除了要刀利，刀刃還要沿著種植地面平割，拉太深太淺都犯忌。割深容易傷到根薯，長不出嫩葉了；割太高長出的葉片又瘦小。是故，韭菜雖然是「久菜」，管理良好可以收割十年或更久，處理不好愈長愈細，像髮絲那樣，隨著就葉枯根腐了。種植韭菜要用根薯，種下須等半年才開始第一輪收割。所以要煎韭菜蛋，媽媽總是親自出馬，姊姊和我都禁止動刀。

媽媽培養的韭菜，因此經常保持鮮嫩、翠綠、爽脆。

韭菜是窮人最常食用的蔬菜，可以滾蛋湯，或清炒江魚仔，但最常切細用來煎蛋，媽媽最拿手的就是韭菜蛋。因為鄉下可以自己養雞，雞蛋不用買，韭菜自己種植，韭菜蛋因此常年累月成為我們家中的「經典」菜餚，韭菜也在我們的園地裡衍生常綠。

可以這麼說，在漫長顛簸流離的日子中，韭菜最能觸動我的情感。因為我們扎根哪裡，韭菜就扎根到哪裡。貧窮人家家徒四壁，遷徙容易，如果路程不是太遠，父親那輛老爺腳踏車就足以應付了。情況就像衍生的韭菜一般，要移植時連根拔起，搖落多餘的泥土，減輕重量，存入紙袋，就可以跟著我們一同移居。忙亂的時刻，把韭菜擺在蔭涼的地方，潑適量的水分，新家安定後才去翻土栽種，割去原有的葉片，把根薯埋藏、灌溉、培土，不久後就會冒芽、茁長，新一輪的生機啓動了，開始欣欣向榮，半年後深綠的扁葉又成為媽媽煎蛋煮湯的配料。

韭菜，是從我懵懂的童年開始就闖進了我的生活；不，或許更早，或許在我還沒有出世之前韭菜蛋已經是姐姐們最欣賞的佳餚。不過，照我臆測，應該媽媽過門之後韭菜才開始在我們的環境裡繁茂起來。我了解父親的性格，他進出很多行業，但從不會在正業之餘賺取蠅頭小利。割膠回來之後，父親一天的作息劃上句號了，他不會再讓身體流汗，好像揮舞鋤頭，甚至懶得到戶旁拔除一根草。父親是一個很滿足現狀的人，他從來不會為米瓮糧罄而憂心忡忡；他放工後唯一想做的事，就是躺在他心愛的帆布椅子，「骨碌骨碌」地抽他的水煙筒，樣子悠然得很呢！

像這樣樂天知命的一個人，有拿起鋤頭翻土種植一行半窪韭菜的衝動嗎？所以，我斷定把韭菜帶進我們日常生活的，不會是父親，而是從媽媽過門以後的事。而媽媽煎的韭菜蛋，自我稍懂人事即成為餐桌上我的最愛。

媽媽說：「韭菜要翠嫩，雞蛋要新鮮，煎出來的韭菜蛋才香滑可口！」鄉下人自己養母雞，生的蛋豈有不新鮮之理；

韭菜要用才割，不留隔夜。其實，不只韭菜，其他的蔬菜也如此，媽媽等割膠回來才去菜地，「先灌溉、後採菜」是媽媽的口頭禪，等菜汲飽水分才採割，可以保持收獲後的新鮮度。

童年時，我喜歡看媽媽煎蛋，尤其是韭菜蛋。媽媽把洗乾淨的韭菜排得整整齊齊，一刀一刀細細的從莖頭切到尾。

鄉下窮人的灶頭是用白粘土制造的，往往造得很高，底下空間留作放木柴。所以，我必須搬一張凳子墊腳，才看得到媽媽煎煎炒炒的表演。

我看過很多婦女煎蛋，都是先將蛋打進碗中，把蛋黃蛋白攪均才下鑊。但是，媽媽的做法不同，鑊燒油滾之後，把切好的韭菜撒下，翻炒幾下，將雞蛋直接打在鑊裡，再以鑊鏟迅速撈幾撈，就這樣上碟，調味用醬青而不是鹽。這幾個動作一氣呵成，前後翻煎不及五分鐘，一碟輕香撲鼻的韭菜蛋就擺上餐桌了。看似簡單容易，但我嚐過很多韭菜蛋，沒有任何足以媲美媽媽韭菜蛋的嫩滑香純、爽脆可口。

媽媽離開後，家庭多了幾張口，妻子忙於洗洗刷刷，膠刀在我家從此煙消跡滅，那把媽媽揉捏過的鋤頭，我不忍讓它寂寂生鏽，為了韭菜繼續生機蓬勃、翠綠鮮嫩地在我家環境裡衍長，我接過媽媽的舊鋤頭在放工後也翻土耕作。雙親健在的時候，我們不時東搬西遷，經常像韭菜一般為了改變生活環境而被連根拔起。媽媽不在的日子，我們也因雇主調職而遷徙，但是，賤生長命的韭菜不曾在動蕩顛簸裡失傳，我們腳踏哪裡韭菜就在哪裡的土地生根冒芽，黛綠盎然地繁殖新的一代。

退休後，閒情逸致，我把叢生密長的韭菜分株，多移植了幾盆，如今早已翠綠迎風了。而媽媽傳統的韭菜蛋廚藝交到我們這一代手裡，雖然略嫌遜色，卻也令孩子及孫兒們垂涎欲滴！

如今，園地裡韭菜的豐彩依舊，希望韭菜蛋的廚藝也一代代傳承，成為我們家族的一頁歷史記憶。

夾在書裡的情詩

人在一生遇到一次愛情就夠了。但事與願違，生命偏偏被諸多感情糾纏。是故，第一場戀愛就合唱花月佳期的情侶，是受人羨慕和祝福的。可惜，這樣幸福的伴侶佔很少數。

我二十七歲才結束單身旅程，以現時的結婚年齡，我還算是遲婚！我之所以遲婚，第一家貧，第二生性內向。我們當時都是超齡生，進入高中時，很多男女同學已經出雙入對、互訴款曲了。可是，上學回家，我還是單槍匹馬，孤身隻影。放學後，許多男女同學相約打乒乓、打羽球、打籃球，我則急忙回家打柴挑水；閒暇頂多抽點時間去橡膠林獵鳥捉蟲。男女間的情事，完全排除腦外。

高中時，常有詩文在報刊文藝版出籠，有位女同學也喜愛舞文弄筆，我們交往頻繁，上學途中偶遇，兩部腳踏車並排前進，於「詩人戀愛」在校裡頓成新聞。她長相俏麗，出生小康，考試成績又排在我前面，我很有自制，懂得「高山仰止」。後來她出國深造，成為著名女詩人。

這不算戀愛。我的初戀來到時，高中的畢業典禮即將彩排。我已二十歲了，升學無望，人窮志氣高，人生要活出精彩，就放膽去談一場戀愛吧！

我抱著這樣單純的心理，走進了錯綜複雜的情場。家境和相貌都平凡，我不敢高攀，竹門對竹門，希望在風平浪靜中好好經營一場精神感情。

我選擇鄰家的長髮女。雙方家境半斤八兩，割樹膠過活，住板屋，略勝我家的是她家多一層板樓，而且洋灰地板，我家廳房皆為泥地，屋頂蓋「亞答」[4]。小學畢業後，她成了家中另一條生產線。她具有工作勤快、刻苦耐勞的優點，皮膚略黑，所以有個「吉靈X」的綽號。我們這樣的匹配，應該沒有什麼爭議的？

目標設定了，但我依然戰戰兢兢，不知如何攫取她的芳心，走進她的內心世界。向她表示好感，比寫詩還難。左思右想，終於悟出竅門——她喜歡閱讀，經常向我借書，我思構了幾個晚上，完成了一首隱喻的情詩，夾在書裡，把書遞給她時，我真個心跳一百，同時幾天不敢見她。我為這樁事失眠了足足一星期。

我不懂策劃下一步行動，靜靜等待她的反應。一週過後，她來還書。「你的詩寫得很好。」她微微低下頭，臉上泛出少女的羞赧，只吐出一句話，就匆匆地走了。有點反常，平時總會坐下來，和我說長話短。我翻閱她還來的那本小說，找不到那首愛情詩。收下詩，等於接受了我的感情。

她顯然被我的情詩感動了。一觸即通，第一次付出的情意就有回應，我無法形容內心的興奮。過了幾天，我再寫一首情詩，這次直接表達對她的愛慕、禮讚她的勤奮，這次心跳減低了。

我們住在郊外，四周是密密的橡樹，沒有水電。到了晚間，家家掛起大光燈；至於食水，就得到兩公里外的公共水龍頭去載。她是家中的主力。每天割膠回來，還要負責載水。我放學後，也要載水，有時同媽媽去鋸柴。自從我們的感情發展後，很自然地，我們調整了載水的時間——一起出發，一起回來。把大桶扎在腳踏車後，盛滿水後，相當沉重，但她踏起腳踏車平穩敏捷，毫無吃力感，令我心生敬佩。

那年代，情侶約會最佳的去處，就是看電影，有一天，我領到一筆稿費，便鼓起勇氣約她看林黛與關山主演的《不了情》。我們居住的膠林到小城，至少有五公里，總不能步行到戲院。我們用過晚餐，一同騎腳踏車出發。第一次，我見到她稍微打扮、略施脂粉，更覺得她兼有少女的健朗與嫵媚。我們並不嫌路遠，按亮腳踏車燈，慢慢騎。買了戲票，時間尚早，又去戲院旁的冰水檔啖紅豆冰。

我感到欣慰，雙方家長認同我們的交往。這樣甜蜜的日子，過了半年，忽然傳來消息，她舉家要遷至彭亨州勞勿附近的鄉村，開墾新芭。不到一個月，果真一切安排就緒，一輛「羅里」[5]和一部客貨車，把她全家載走了。而我初戀的夢魘也開始了。離別前的山盟海誓。跨不過時空的磨煉。起初，千言萬語，書信頻繁。年底，我走出校門，腳步向北，我們之間進一步拉長了距離。漸行漸遠漸無書，我依然每天投出一封信，但回信由密變疏，由疏而渺。開始嗅到感情疏離了，一年後，突然看到她最後的手跡，濃縮成一句——對不起，我結婚了！

像平地裡的一聲雷，初戀終成泡沫。那種震撼力，差點把我擊昏。

註釋

[4] 亞答，又名水椰樹，棕櫚科植物，嫩果可食用。葉子可以編織及蓋屋。

[5] 羅里，音譯自英文的lorry與馬來文的lori，意指大卡車。

回味鄉下的新年

金虎的嘯吟隨北風漸近了，我垂暮的心情驀然活躍起來。

人生七十古來稀，想到自己竟成稀有之物，如果稀有代表珍貴，我就應更加對未來珍惜和感恩。腳步能夠跨過七十個意義深長的年，看盡幾許人生風景，享受過無數歡樂，也磨蹬了不少悲情。我該慶幸呵！

種種人生際遇，都隨新年飄然的跫音，化為期待與展望。舊的已成過往，新的在期待中展眉，生機蓬勃，讓我們鼓起勇氣繼續上路，抖擻精神迎接新的日子。很多人稱年是關，似乎不容易越過，尤其貧苦人家或經濟不景的時期，新年就更成為一種心靈的負荷，對漸行漸進的年產生某些壓力。

其實，這是對人生的態度選擇，與年無關。幾千令吉可以過一個年，幾百令吉也同樣過一個年，過年不一定要買很多年貨，不一定要換新衣穿新鞋才算送舊迎新。想起童年的時候，雙親靠割樹膠度日，住在一間破舊的亞答板屋，沒有公路，要步行八公里才到市鎮，我們一樣快樂地迎新年。鄰近有好幾家相同的房子，也是操膠刀的，不同的是有些人家是割自己的膠園，收入當然比較寬裕，這可從鋅板蓋成的屋頂就一目瞭然了。

雖然貧窮，但鄉下小孩子對新年特別敏感，是最為引頸長盼的節日。幼小的心靈藏不進日月運行的繁雜，周圍濃密的橡膠樹就是我們的時光表，叢叢的樹葉彷彿是風信子，當葉片被北風蒸發掉水分，化為澄黃絳紅滿山飄飛的蝴蝶時，我們知道製作年糕的日子接近了。最先是父母掛起膠刀和頭燈——平日膠刀磨利頭燈添油後放進膠桶裡的。新年前幾天家長都喚停工了，他們把房屋裡的蛛絲網跡清除，將戶外周遭的落葉枯枝掃走。

這是迎新年的前奏。真正使我感覺有濃厚新年氣味的，來自母親和姐姐開始製作各種糕餅那一刻。蒸糕製餅這些事兒父親堂哥一概不問不理，姐姐是配角，從砍香蕉葉剪奶罐到搓粉摻糖，下鑊起火，半夜起來添水加柴，母親一攬子包辦。

有兩種是我們廣西人獨特的新年製作，叫「糖環」與「米茶」。糖環以糯米粉滲糖漿做料，切成條狀，把幾條貼接一起，成掌形，放入滾燙的油鍋裡炸熟，冷卻了裝罐密封，非常脆口。做米茶過程較複雜，首先將糯米炒成爆米花，加入糖漿攪勻，倒進四方的板框冷卻，切成小塊，有如花生糖餅，吃起來嗦嗦有聲。米茶是父親的最愛，父親吃法與眾不同，他把米茶摻入咖啡，讓米茶散開，一湯匙一湯匙享受。

年餅年糕製成後，新年的氣氛更濃了。母親永遠扮演家庭的要角，她不會踏腳踏車，卻可以乘船進城辦年貨。我幾乎年年都有機會隨母親遊覽小城，看城裡新年的熱鬧景象。當我家柴門兩旁貼上「爆竹一聲除舊，桃符萬象更新」的春聯；門楣掛上年年不變的「迎春接福」紅布條，那已經近除夕。

我在橡林裡度過童年和少年，靠割樹膠的雙親雖然從未有過安逸的日子，但，我們還年年以愉悅的心情迎接新年。糕餅自己做，雞鴨自己養；廉價的紅紙用處多，神龕、米缸貼上紅紙就煥然一新；父母親的壓歲錢，也是用紅紙包裹的。

添置新衣新鞋視膠價行情而定，年柑臘肉年年吃到；爆竹也逐年劈哩啪啦響，整片橡樹林都飄蕩在新年的節拍中。

也許那個年代的人們思維單純，物質欲望沒有現時的複雜多變，生活簡單樸實，對過年的期望與要求不高。那時貧窮和富貴幾乎沒有界線，城市生活與鄉村生活落差頗微，雖則天天操勞揮汗，但印象中新年向來都是一片歡樂的景致，充滿期待和溫馨。

我懷念童年那片橡樹林，還有遠去的鄉下新年場景。

果樹情

之一／種一棵榴槤樹

童年裡的榴槤樹，出現在膠林裡。記得第一次吃到黃肉乾包的榴槤，那種甜中帶苦的滋味就激起我的好奇，好奇到纏著媽媽說：「我要看榴槤樹。」

結果翌日我真的見到了。

第二天我跟媽媽一樣早起。媽媽頭頂扎一盞燈，摸黑去割樹膠。榴槤樹是膠樹的陪襯，為了看榴槤樹，得走很遠很遠的山徑。去到膠林裡，四周一片黝黑，媽媽切切切地割膠樹，我替媽媽抹膠杯。

等到天亮的時候，媽媽吹熄了頭燈，走到草寮小息。哪，這棵就是榴槤樹，她說，指著草寮邊的一棵樹。

那棵樹枝幹粗壯，穿入雲霄，我抬頭仰望才

高聳的榴槤樹（圖／農牧世界）

看到葉冠。榴槤樹根隆起，樹皮褐裡帶白，它面綠背黃的葉片與深綠的橡樹葉涇渭分明。看著看著，我小小的心靈不禁對榴槤樹泛起仰慕之情。

「媽媽，我每天陪妳割樹膠，去看榴槤樹！」

於是我天天早起，天天去看榴槤樹，想知道它如何開花，怎樣結果。但每天總帶著失望回來。傻孩子，旱季的時候榴槤樹才會開花，媽媽說。還是媽媽最瞭解我的心情。

熱浪熏天，橡葉變黃的日子，果然那棵榴槤樹傳出花訊。起初，像小豆粒粒從枝椏上凸起，愈長愈大，最後花瓣落滿地，我看見很多棒糖似的小榴槤懸掛在枝椏間。

橡膠園主是馬來人，先前住在園裡，所以種下這棵榴槤樹。後來結婚他就搬走了，卻搬不走膠樹和榴槤樹，於是靠割樹膠的我們生活有著落，果實成熟的季節，還嚐到榴槤香。

榴槤樹生長在膠林，更加凸顯出它挺拔的英姿。我們雖窮無立錐之地。但從那時起，我就起個心願，學習馬來小園主，要種一棵結實累累的榴槤，讓不同膚色的人士分享。

衝出海外的貓山王榴槤（圖／李春）

之二／採「浪剎」（Langsat）

童年記憶裡印象最深的果樹是榴槤，年紀稍長，隨著在鄉下活動的圈子擴大，認識的果樹漸漸多起來。於是每當水果成熟的季節，經常招朋集友，去郊區的馬來「甘榜」[6]採水果。

採水果與買水果，當年在「甘榜」是二合一的樂事。雖說那時的幣值大，但一籮筐只收一塊幾，等於半買半送；而且任吃任嚐，唯一的條件是要自己爬樹採。十多歲的孩童靈活得像猿猴，爬樹戲鬧屬平常事，採水果哪，真個求之不得！

「甘榜」裡阿芝伯最富有，他的高腳板屋雙層的；他駕駛的商業汽船，更是航行霹靂河唯一雙層的。阿芝伯的板樓周圍種滿各種果樹，有榴槤、山竹、紅毛丹、芒果和「浪剎」，而浪剎樹特別多。

榴槤每年都率先成熟，緊接著輪到山竹、紅毛丹和「浪剎」[7]。「浪剎」墊尾，大家吃水果吃到膩，這也是「浪剎」價爛的原因，對饞嘴的小孩子則是樂事。每次阿芝伯見到我，就從樓底拿出繫著長繩的藤筐，我們接過就各找目標——選擇結果最多的「浪剎」樹，以快速度攀上樹梢。

「浪剎」樹不高，也不像榴槤樹那般粗壯，容易爬，沒三五下動作我們就坐在枝椏上。「浪剎」果實不會一齊熟，但很易分辨，皮青的酸澀，熟的果皮淡黃，我們都知道。幾乎每個同伴都一樣，爬到樹上非忙著採果，而是忙著填滿肚子，吃到打嗝，才慢條斯理把熟透的「浪剎」採了放進藤筐，藤筐裝滿才吊下地面。

阿芝伯心地善良，沒有不明白小孩心理。每次遞過藤筐，就說，「先吃夠，拿走的才算錢。」小孩哪個不饞，所以我們這班饞嘴猴，每年「浪剎」熟的季節，都活躍在阿芝伯的果園裡。

之三／河岸種紅毛丹

縱有千萬個不捨，我也得尋找生活的出口，離家，離開屋旁多次結果的那棵紅毛榴槤樹，我來到北方一個大園坵，投入一個更為遼闊的橡樹林，見到更多榴槤與紅毛丹。算我有口福，離開與膠樹競長的那棵榴槤樹，來到異鄉依然嚐到果香。

嚐到果香，並不能滿足我擁有果樹的欲望。隨採隨吃，即收即嚐，擁有果樹便有這樣的稱心快意，即使是一棵紅毛丹，也使生活平添精彩。但要種植果樹，起碼需擁有一片土地。買地要錢，我缺乏這個條件，靠打工儲蓄，何年何月才湊足本錢買一片土地？

有了家庭之後，負擔加重，擁有土地的夢想更遙不可及。這時被分配住在職員宿舍，宿舍靠河，沿河都是政府的保留地，荒蕪一片，我心生一計，何不開墾利用來種植果樹和蔬菜？計劃就這樣敲定，週日與放工後就砍木清芭，不久後播菜子種榴槤苗，長期短期雙向投石問路。可是人算不如天算，到了雨季，風雨連綿，小河兩岸洪水驟至，淹蓋了我的農作，蔬菜樹苗泡湯了。

收起失望之心，重新出發，果樹中紅毛丹比較耐浸，於是我改種紅毛丹，為了更有保障，我把樹苗種在塑膠袋裡，長到四尺多高，才移植到河岸耕地上。這時我對紅毛丹品種的認識加強了，選種了一些名種樹苗，檳城的菜頭肉、椰肉、冰糖肉都買齊了。

紅毛丹樹少病蟲害，不必常噴射農藥，但澆水、施肥不可缺。河岸屬沖積土，泥層深厚，對樹木的生長非常良好，所以紅毛丹樹茂盛健壯，三年便開花結實了。雖然經過多次水淹，果樹仍然每年結出紅彤彤的果實，把枝條壓得彎垂觸地。

隨樹齡增長，紅毛丹的結果量相應提高。這時家裡已經有三個孩子了，每當紅毛丹盛產的季節，全家都歡天喜地，大家忙著剪果、點算、捆綁，因為除了送親友。尚有餘存出售，替補生活上的不足。

之四／沙巴酪梨

酪梨在西馬半島，欠缺引力，很少食客問津。但在沙巴大小城鎮，是令人矚目的熱門果實，菜市場和水果攤常見到。在冰果店，酪梨牛奶冰是新鮮的解渴消暑飲料，人人愛喝。

西馬果攤或飲料店，什麼鮮果絞汁飲品羅列，就是沒有酪梨這一味，甚至很多人不知道有酪梨這種果實。大約在十多年前，有個時期這裡的超市有賣進口酪梨，價錢不斐，每個五、六令吉，鮮少人採購。貴顯然不是主因，對這種陌生的入口貨，極少人懂得如何吃。

八〇年代初，我有個朋友收購了一個意大利人的大園坵，園裡的洋樓空地長著兩棵葉大樹高果樹，結實累累，就是酪梨。朋友採回去，沒有人要吃，大家同聲說淡而無味，如同嚼蠟。兩棵酪梨樹的命運就如此終結了。

九〇年初我踏進風下之鄉，才恍悟原來酪梨是當地大受歡迎的果實，而且擺賣的都是土產果實，賣價也不便宜，直叫我驚奇而大開眼界。後來翻查相關資料，才知道酪梨營養豐富，又可美容，是墨西哥人的主食。

我進入沙巴叢林，接掌前任主管的職務，入住一間獨立板樓，周遭空地很大，但荒涼萋蕪，藤蔓交橫。我安排工人清除，赫然發現有棵酪梨樹，高達十多尺了，可憐卻被野蔓纏得不見天日。經過清理後的酪梨樹，重見陽光雨露，加上肥料充足，整棵樹生機蓬勃，葉綠枝盛，第二年竟花蕾盛開，結出幾十個葫蘆形的酪梨果，令我無限歡欣驚喜！

兩個月後，我去到山打根的冰果店，「老闆，來一杯酪梨牛奶冰！」我喚道。老闆搖頭，說沒有貨。我笑笑，慢條斯理從紙袋裡拿出土產的酪梨。想不到喝完可口清涼的飲料，對方誤會我是酪梨生產人，要向我訂購酪梨呢！

同樣是酪梨，出現在東西馬卻有不同的身分與價值。

之五／龍珠果光芒不再

很少水果像龍珠果，光芒突然間冒現，又突然間黯然失色。真像狂潮一般，朝起夕逝，令很多種植人興致勃勃地投資，又從驚慌失措中傷心地引退。

這中間包括本少地缺的我。二○○一年初從索羅門退役，含飴弄孫之餘，無所事事，慣於勞動揮汗的我，開始感覺沉悶。向來鍾情於種植水果，找小片地種些水果養性宜情，活動活動身心，又可嚐到香甜的果實，不亦樂乎！剛巧朋友有一英畝地，空置已久，離市區又近，他也對種植水果興趣甚殷，一談即合，於是馬上行動，除草犁地圍籬笆，做好農耕準備。榴槤長得慢，紅毛丹價格低，那時龍珠果火熱，國會開會談龍珠果，朋友見面談龍珠果，雜誌報紙電視也是龍珠果，龍珠果龍珠果，我們也湊熱鬧，搭上龍珠果流行的列車。

我出席了幾次龍珠果的講座會，也參觀了好幾處成功的龍珠果種植園，嚐到風味獨特的紫紅色龍珠果實，品嚐過香醇的龍珠紅酒、龍珠果汁、果漿，還有……我得趕緊訂購秧苗，深恐缺貨。

秧苗訂了，開始製造洋灰柱讓龍珠苗依附攀爬。這是最重本的種植工程，洋灰柱要堅固，加鐵支，一英畝要五百支柱，兩萬株苗，加上耕地籬笆，栽種完畢點算，嘩，不得了，挖掉我們三萬令吉。不過，我依然信心滿滿，龍珠果快收成，利潤比油棕高幾百倍。

在水分充足，肥份不缺的細心照顧下，果然龍珠苗快速生長，才九個月竟有十多棵開花了，真個如期結果，收穫在望。就在這時，我發現有幾棵枝莖無端轉黃，黃斑漸漸擴大，「專家」吩咐立刻剪除燒毀，照辦。不過莖黃腐爛的情況日益增多，且蔓延迅速，這時農業報導也出現了龍珠果爛枝的消息，更壞的消息是這種新病菌無藥可救，農業部也束手無策。

我眼睜睜地看著親手培植的龍珠果枝條腐爛，最後只留下光禿禿的灰柱，折射出亮閃閃的陽光。我種橡膠、可可、油棕，面積超過數千英畝。我今生最大的遺憾是，始終沒有種出一片成功的果樹。

註釋

[6] 甘榜，音譯自馬來語「Kampung」，意指鄉下地方。

[7] 浪剎，音譯自馬來語「Langsat」，又稱「蘆菇」或「蘭撒果」；果肉清甜帶點酸澀，吃起來像柚子。

父親為我點燃一支煙

橡膠林裡多蚊子，人人皆知，所以割膠工人九成為煙民。膠工兩手握膠刀，對嗡嗡雷響、紛飛圍攻的惡蚊，恍惚裡根本無暇顧及。抽手拍打，或揮掌逐趕，根本是難以做到的事。噴蚊油撲殺，燃蚊香驅趕，要戶內才能辦到。在廣袤無垠的橡林對成群結隊的蚊子用這種方法，恐怕割膠所得都不夠買蚊香蚊油呢！

橡林陰霾昏暗，地上處處落葉堆積，常期為蚊子佈置了一個滋長的溫床。所以從雨季到旱季，一年到頭蚊子猖狂造孽，四季循環，周而復始。從膠工口中噴出那縷嬝嬝的煙圈，也只能壓抑蚊子的貼身接觸，又饑又餓的牠們依然圍在膠工身邊，伺機而動，把汗流浹背、四肢忙碌的膠工轟炸得咬牙切齒，卻又無可奈何。

「燒支煙吧！會有幫助的。」父親多次勸我。這個當然我從小就知道。雙親都是膠工，他們都吸煙，許多割膠婦女也嘴叨香煙、手握膠刀。所以，在橡葉籠罩下作息的勞工，吸煙像喝開水一樣平常。

童年的時候，我跟母親到膠園，我是幫母親抹杯子，走訪一棵又一棵橡樹，都是一起行動、行影相隨；所以母親口叨的那支卷煙飄蕩的煙圈，要兼顧兩個身體免受蚊子攻擊，萬萬不可能，只是聊勝於無。有時母親看見蚊子叮住我的耳朵，她就喊：「阿弟，別動！」然後手掌一揚，「啪！」一聲響，替欺負我的惡蚊舉行了葬禮。

母親知道煙害，從未叫我吸煙驅蚊。

遭蚊子追蹤、攻擊、吸血，那是我童年少年天天面對的問題。事實上，不只在割膠時刻，茅屋建在四面被橡樹圍繞的林野，蚊子無處不在，所以膠工早晚聽到嗡嗡聲。但在雙手操刀忙碌時，蚊子變得特別兇狠，似乎看透我們雙手和眼睛專注在膠樹上，無法分神與牠們周旋。

上了初中我換了讀早班，我只有在星期天或假期才進膠林。這時父親和母親分別承包兩片園地，我得分身兩邊跑，黑夜裡挑燈幫母親，天亮自個兒走一段路去幫父親。一次父親見我滿身被蚊叮，臉頰、耳朵、手腳，一塊一塊紅腫，又癢又痛。

平日出門母親總叮嚀我記得要帶萬金油防身，在蚊子叮咬處塗抹，減少痛癢。這天剛巧萬金油用完了，偏又逢橡樹開花的季節，蚊子特別活躍兇猛。

父親見我像孫悟空一般搔頭抓臉、蹬腳頓足，沒計可施之下，唯有靠煙圈解救了。

父親的「燒支煙吧！」已經在我耳畔響起多次了。雖然我知道吸煙可以減緩蚊子攻擊，但那時候我已經讀書了，老師時常訓誡學生不可吸煙。聽到父親縱容我吸煙，我突然感覺驚愕、猶豫。父親彷彿沒有注意到我情緒的波動，即從褲袋裡掏出一包香煙，抽出一支叨在嘴邊，再抽出另一支遞給我。我不知所措，伸出的手在空間停頓著，思緒在接受與拒絕之間徘徊，突然一支香煙已經落在我指間了。吸煙驅蚊，理由很堂皇，家裡幾個長年割膠的長輩，父親、母親、堂哥，還有我已出嫁的大姐都是煙民。

父親從何時開始吸煙，我不清楚。但是，母親曾經告訴我，她飄洋過海嫁給父親後，進入橡林因為蚊子多才開始吸煙的。童年時住在橡林裡，我的左鄰右舍的阿叔阿伯叔母伯母，沒有一個不吸煙，好像吸煙成為逐蚊的最佳法門。

沒有等我回應，父親就取出火柴盒，「卡嚓」替自己的香煙點著了，又「卡嚓」替我的香煙點燃。我以中指和食指夾穩煙頭，猛力地吸了一口，沒有吐出煙圈；再吸了一口，嘴巴依然沒有煙氣。原來香煙的星火熄滅了。

「丟那媽，真沒用！」父親說完奪過我的香煙含在他嘴裡，把他火紅的香煙壓上去，猛力地連吸了幾口，然後交還給我，吩咐道：「用力吸，快點！」。我把蕩著縹緲煙圈的香煙重新含在口中，用力猛吸，「咳咳咳」連嗆了幾聲。

原來香煙的味道並不「香」，正想把香煙捏熄。父親卻說：

「不要怕，多吸幾口就慣了！」

可是，我再吸了一口，嗆咳得更厲害，有一股辛澀的氣體湧進喉嚨，令我十分難受。終於我對父親說：「爸爸，我寧願被蚊子咬，煙味太嗆喉了！」說完，我把香煙擲在地上，用腳踩熄。

那次以後，父親再也沒有重複「抽支煙」那句話了。

可能因為我的堅持，今天我家沒有一個煙民。

閹雞過新年

母親健在的日子，每年農曆新年，桌上都有肥胖的閹雞；拜過神後，老人家把閹雞砍作兩大碗，雞肉把兩個八角碗擠得滿滿。一碗午餐食用，另一碗留待除夕夜。我們廣西人，無論過年佳節，都習慣享用豐富的午宴。因此，除夕前，遊子都已回到家，趕上吃一頓豐富的午餐團圓飯。

宰閹雞過新年，在六〇、七〇年代非常流行。那年代雞隻鮮少聽到注射荷爾蒙，閹雞可是一門三十六行以外的手藝。那時候的小城，出現幾個閹雞佬，在大樹下空地上接生意。鋪一張黃布在地上，亮出閹具：一把鋒利的小刀，一條尺來長的幼繩，一支小匙。三件簡簡單單的用具，就是他們施手術的傢伙了。

閹雞佬不是每天都出現的，大概要閹的雞隻沒有那麼多吧？每週只亮相一兩次，在農曆新年前幾個月，閹雞佬出現的次數較頻繁。這時大家都在準備閹雞過肥年了。

母親要閹雞，不必送到街上去。我們住在小城郊外的膠林裡，屋前有戶大房宅，四合院似的，住著兩兄弟，也是園主，子女眾多。有位大叔把唐山的閹雞用具帶過番，每次要閹雞，都會通知左鄰右舍，提供方便。收費也和街邊閹雞佬一樣，每隻二十五仙。

看來閹雞操作簡單，把雞腳縛緊，下刀前一腳踩著兩扇雞翅膀，另一腳踩著雞腳，把雞側面壓在地下，睪丸的方向朝上，拔去幾束絨毛，用閹刀輕輕一略，開個小洞口，以細繩將睪丸的血管拉斷，用小匙掏出來，然後在割口抹上鑊底的黑灰，即大功告成了。

我們向來住鄉間，母親飼養雞鴨終年未曾間斷。要準備閹割的童雞，必經過母親精挑細選，毛色要光澤亮麗，黑白不選；雞冠要齒形，重冠不選；雞腳要粗要壯，粗壯才養出大閹雞。經過母親篩選的童雞，閹後真的每隻都健壯成長，羽翎金黃，光澤閃亮；行走時氣宇軒昂，每隻至少有六、七斤重。

母親養雞鴨素來下重本，她不餵普通飼料，而是以麥粒、玉米為主，以家裡吃剩的米飯為副，這樣養出來的閹雞，雞皮澄黃，肉質結實，最重要還是少油脂，吃起來脆口。母親常說，自己吃用，所以養閹雞要下足本錢，尤其那兩隻結實的閹雞腿，年年都是孫兒的嘴邊物。

我的妹夫是潮州人，潮州人新年過後最早的大節日是初九天公誕。我們廣西人不拜天公，卻在年初二開年，辦得像除夕一般熱鬧，當然免不了有閹雞上桌。妹妹的兩個寶貝常被叫來共慶開年，脆口的閹雞皮成為他倆爭食的美味佳餚。

母親逝世快近三十年了。隨著母親的離去，閹雞再也沒有在新年的餐桌上出現過。那位手術高明的閹雞大叔，還有小城街邊的閹雞佬，也早被時代淹埋了。

生命裡的六條河

之一／霹靂河

在我的生命旅途中，霹靂河無疑是母親的河，同時也是一條多記憶的河。我出生在霹靂河岸的一個「甘榜」，雙親靠割膠為生。雖因工作我們全家經常搬遷，但都在霹靂河沿岸移動，我的童年和少年時光就在河流的歌吟中隱逝。

離城遠，窮鄉村野交通不便，使我八歲仍未上學，卻對割樹膠先開竅。那幢園主的木板舊屋離河不遠，在萬籟俱寂的夜深裡，霹靂河的嗚咽像一支小夜曲，在我的童夢裡低迴；但是每年多雨的季節，河水驟漲，高歌激昂，呼啦呼啦地咆哮，有時還淹沒低窪的馬來「甘榜」，使到鄉民每年遭遇洪流浩劫。

村鄉住宅依河而建，只因六十年前霹靂河兩岸沒有公路，通往小城江沙依賴水路，兩岸的鄉民與出產全靠航行霹靂河的汽船運輸，主要是橡膠與水果等土產。離河岸愈遠，把沉重的物產搬運到渡頭就愈費時，也更吃力。所以蟄居河岸，是為了運輸上的方便。

我們居住的那間板屋，建在橡林的坡嶺上，從來沒有被河水淹過。河水洶湧拍岸時，汽船停航，大家都不敢貿然乘船出門。如果不是出賣膠片，平日進城可走崎嶇蜿蜒的橡林小徑，或踏腳踏車，但要跋涉好幾里路程。

賣膠是我童年最期待的日子。膠片在出貨前一天下午即綑綁好，賣膠這天全家都休息，大清早父親就用腳踏車將膠片送到河岸渡頭，截停由霹靂河溯流而上的汽船。母親是家庭的支柱，賣膠由她掌管；每次我都有機會跟隨母親乘汽船，除了欣賞沿岸的「甘榜」景色，更重要是進到小城，賣膠後母親忙著辦貨，我接到零錢就去吃紅豆冰。有時聽到街頭傳來鏘鏘的銅鑼聲，就擠進人群中看江湖賣藝。

上霹靂水壩未建前，小城江沙近河的商店每年雨季都遭泛濫的洪水洗劫，父親說三〇年代最嚴重那次全城沒入水中，變成一片汪洋。我離開小城不久的一次怒吼，市中心地標大鐘樓半截浸在河水裡，我趕回小城時大街小巷的爛泥還沒有清理呢！

如今霹靂河已被鋼骨灰牆堵住了霸氣，無論在雨季或旱季，都瘦得只見東一處西一片的淺灘，航行的汽船和泛濫的記憶同時遠去了，但霹靂河在我心靈深處，永遠保持著那份蕩蕩而去的氣勢。

之二／江沙河

小城沒有建築碼頭，可能不堪每年洪水爆發的衝擊。所以每天匯集小城的汽船都停泊在離岸的沙灘上，乘客得涉水上岸，貨物則由腳伕扛負。汽船停泊在霹靂河與江沙河交匯的三角洲盤地，所以當你跨岸進入小城，江沙河在左霹靂河在右，整個小城的商業建築就在兩河之間的三角洲擴展，愈靠大河的街道愈顯古老剝落，證明小城的發展最先從河邊開始。

汽船泊近沙灘，樹膠商即圍靠過來，爭先恐後找母親談膠價，定奪之後就吩咐腳伕將綑紮的膠片扛在肩上，往他們河邊的樹膠店走，我們母子倆輕鬆地跟在後面，通常要走一段淺水的沙灘才上岸。

兩條河都載著我童年和少年的深切記憶。

假如不是因緊急法令我們被迫離開霹靂河岸，可能我們全家就沒有機緣移居江沙城郊。住滿四家房客的那所長板屋，離開江沙河只有一里多路，我每天走路上學都要經過一道木橋，江沙河從橋下潺潺流過，不遠處即是它匯入霹靂河的河口，也是江沙河壯闊霹靂河的終點。

那所啓發我知識搖籃的崇華小學，巍峨峨地矗立於江沙河岸，對岸為蒼翠的樹叢。走下十多級石階就是學校的運動場，終年綠絨絨的草坪直鋪展到河邊。每當霹靂河水暴漲的風雨季，綠草坪汪洋一片，體育課就報銷了，學子無奈被迫在課室裡溫課。

離開鐵棘籬環繞的新村流放到小城郊區，輾轉好幾次遷移居所，但總在離江沙河不遠的橡林駐紮。那年代郊區還很落後，沒有水電等基本設施，晚間點燃煤油燈，食水要到井邊汲取。我在放學後填飽肚子即招集鄰居夥伴，走一段斜坡泥徑跳進江沙河玩樂，打泥戰；有時也在河邊草叢間摸魚撈蝦，整個下午就泡在碧波綠流裡。

我的大部分童年與青澀歲月都交給了那一泓帶有母親柔情的河流。對於終年波紋迤邐、雨季平和的江沙河，它真的像母親一般隨時讓我投入它柔和的懷抱。至於霹靂河，它一瀉千里、浩浩蕩蕩地滾滾奔流，在我的童年心裡永遠屬於一泓怒吼的巨流，不要說母親禁止我去游泳，連獨自到河邊垂釣我也心驚膽顫呢！

所以，江沙河才像母親，才配稱為母親的河。因為她溫順、祥和，終年潺潺而流，靜穆地歌，像母親一樣永遠柔波含笑。

之三／雙溪邦谷河

「Bongkoh」馬來語意即彎曲，邦谷河的確像一條蜿蜒的蟒蛇，彎彎地穿越叢叢稠密的橡林和果樹聳立的馬來「甘榜」，我投入工作的園坵就以彎河為名。

我作別兩條河匯集的三角洲盆地小城，朝北方行走，來到一片遼闊但卻蔓草荒涼的橡樹林，把青春和夢想作全然的投注，一待竟二十五個寒暑，無怨無悔。我走時老橡樹早已焚為灰燼，高產膠液的新一代樹種不僅枝榮葉茂，而且開花結實，化為一片鋪天蓋地的濃蔭了。

提起園坵，最不能忘記那條彎彎的小河。我居住的是前英殖民園主遺留的高腳板屋，屋前近泥路，屋後為彎河，打開後窗，不必抬頭遠眺，河水就從眼前娉婷低吟而過，還不到十米遠。

我來時，新園主還承襲英人的舊觀，利用彎河作為園坵的水源，製膠廠、食用洗涮，都是依靠彎河的流水。所以，暴雨驟降，流水混濁，雖經過濾塔，依然帶著澄色，但園坵居民喝了幾十年，沒有什麼不妥。

每天回到宿舍可聽河水吟唱，初來時頗覺得詩情畫意，心滿意足；不料雨季到來，風雨連綿，一夜之間洪波洶湧，濁流滾滾，不只浸上了居所的樓柱，屋前的泥路和離河岸更遠的工人宿舍、辦公廳、棧房，皆變成一片汪洋。眼看風雨未歇，水勢還繼續上漲，夫妻倆匆匆把米缸、冰櫃等重要的食用品和家具墊高，以防萬一。有時洪水一年暴漲兩三次，東西搬上搬下，身心疲累，但園裡誰也沒對小河發出怨言，因為河水澆灌了兩岸，上游還是我們的食用水源。

半島北方的旱季特別長。每年乾旱，都造成邦谷河斷流，嚴重的時候園坵職工要去附近的山溪汲水。河水低淺，魚鱉在濁流中呼呼喘氣，於是膠工割膠回來招朋集友尋找魚蹤。通常斷流處的深潭成為魚蝦聚集的匿藏地，將潭水淘盡，用兩手把泥漿裡的泥鰍和生魚抖出來，這是邦谷河一年一度帶給他們的歡樂。

河對岸有片荒蕪的空地，我開闢後變成小果園，收穫最好的紅毛丹，年年結果，成熟的時節，紅彤彤的卵形果把枝條壓的彎垂，全家大小齊集在果樹下，那種採摘芬芳的心情，迄今難忘。

之四／京那巴當岸河

今生與河有緣，我去到風下之鄉的蒼茫雨林，又見大河，那是沙巴州內最壯闊的河流，叫做京那巴當岸（Kinabatangan）河。她在雨季裡一瀉千里的狂傲，龍騰虎躍的霸氣，只有故鄉昔日的霹靂河堪比。

可可市價亮麗，吸引了大批種植投資家東渡風鄉開荒闢地。我負責的園地靠近河，鬱鬱蓁蓁綿亙兩萬餘畝，這次我真的是深入蠻荒僻野，遠離喧囂市塵了。巴當岸河咆哮紀錄雖非年年發生，但園主總對她帶著幾分懼畏，不敢把山寨的據點建在太近河岸。公司的辦事處、宿舍、診療所、機械部、可可廠，都集中在離開大河兩公里的丘陵地段，對水勢洶湧的大河敬而遠之！

水可載舟，亦可覆舟，這是千古不變的道理。園主購置這片遠離公路的土地發展可可，就看準這條大河可以利用。風鄉的交通落後，更何況在廣漠無垠的森林裡，因此水路成為重要的運輸依靠，其中最主要的為森林木材與可可仁，全靠駁船和舯舡[8]從巴當岸河順流出海，輸往山打根港口。

我是公司的插班生，我來時山寨的設備已成形，綠意盎然的可可樹不但滿山遍野，而且結實纍纍了。帶領員工的先鋒隊早在河岸築起簡單卻牢固的渡頭，可供人客和貨物起落。不只渡頭由員工自建，連建築材料也採自森林木，窮鄉僻壤一切得自己動腦筋哦！

山寨距離公路約四十餘公里，盡是彎曲凹凸的森林泥路，運輸樹桐到河岸渡頭的卡車每輛幾十噸，每天來回重壓，雨季到來就泥濘不堪，這季節不只木材與可可出口要靠水路，山寨裡的職工進出城市也要靠船運了。

公司注入雄厚的資金生產可可業，交通自然水陸兼備。我們渡頭上停泊的除了駁船、「舯舡」，還有一艘快艇；當然，快艇只供董事和高級職員緊急時使用。從我們公司的渡頭順流而下出海，巴當岸河沿岸疏疏落落出現簡陋的屋舍，在椰子樹與香蕉樹間隱隱綽綽，那是靠河捕魚為生的原居民。「舯舡」的乘客則逆流而上，到公路上岸改搭汽車進城。逆流而上那段河岸雨林叢密，全為未經開發人蹤跡滅的處女林，在河上航行可以見到閒逸自在的飛禽走獸在邊岸覓食，這一帶可稱為白鶴、野豬和山鹿的棲息天堂。

可可輸出每月僅一兩回，買進糧食也最多兩三次，但渡頭平日也並非靜悄悄的，喜愛捕魚的工人放工後利用渡頭垂釣或撒網。巴當岸河盛產草蝦，巴丁魚、白鬚公和筍殼，令人垂涎。

我在河岸的山寨裡呼吸了五年的荒野叢林氣息。

之五／蕩波河

一九九七年深秋夜晚，我離國，換了三個終站飛行十餘小時，飛機在索羅門群島京城荷尼拉徐徐降陸。翌日，再乘內陸小型飛機飛行整小時，改乘公司的快艇經過兩小時衝波逐浪，終於在Vangunu島的營寨登岸，這就是我落腳的營寨。

我來索島為一家大馬掛牌公司種植油棕，總面積約六萬英畝，大得驚人。

我來之前苗圃地點已經開闢，苗圃灌溉不能缺水，當然園地愈近河岸愈好。我上班第一天便去找水源，由一名當地島民帶路。還好苗圃地圈對了，離河岸很近。

這條河叫做「Tomber」河，從苗圃就可聽到她淙淙的吟唱。我一路跟著島民到河岸，但見河面怪石峋嶙，河水從石縫間迂迴穿越，右轉左彎，水流從稠縝的密林中低吟奔來，清澈見底，小魚歷歷可數。

我把爬山車停在路旁，跟隨島民躍上河中的巨石，在看來零亂卻排列有序的石陣裡跳躍，順著水勢往下流尋找河灣，河灣深潭可以築霸汲水澆溉棕苗。我們沿著河流走了一小時多，蕩波河水依舊清澈見底，淙淙而歌，河中依舊是堆疊的石陣。

落腳之後，我方知河流是鄉間島民的唯一的水源。索島貧窮而落後，除城鎮鄉區缺乏自來水供。島民靠農耕度日，雖島國雨水頻繁，但他們沒法購置水槽盛雨水，河水成為他們的生命資源，所以島民自動保護天然的水源，政府也嚴厲執行環保政策，開採林木不得污染河流。

公司的營寨設施完備，職員食用靠雨水，洗衣沖涼就到蕩波河。營寨離河兩里多路，我負責油棕發展，苗圃近河，每天經過蕩波河好幾趟。清早有時順趟載土女去洗衣，下午那趟當然是去沖涼，也有時洗車。因為沖涼，我才體會原來從石陣縫隙中流瀉而出的水量，不只是碧波如菱鏡，也那麼地清冷。尤其在夕陽消隱之後，四野山風颼颼呼嘯，赤身泡在河水中，那種刺骨的寒冷，令人哆嗦不已！

所以，每當日落之後，蕩波河人蹤跡滅，沒有人能忍受河水的冰冷。

我為生活在索島放牧六年，到訪了許多島上的鄉村，所有的溪河一樣清澈如鏡，即使雨季裡也不改顏容。見到我國河水旱季天晴都一片濁流，對落後貧窮國家的施政，心中充滿羨慕與敬意！

之六／雙溪大年河

意想不到，我會離鄉北上，定居大年河畔。離開故鄉小城，同時向霹靂河與江沙河揮別，經過幾十個春秋寒暑的農耕生涯，攀越多次的人生驛站，飄泊歸來最終選擇的棲息地，也是一個以河為名的城市。

很可惜大年河並不是一條美麗的河。大年河水靜悠悠，她不肆虐也從不吶喚，卻永遠見不到底，不是河深而是，她的流水不論晴天豪雨永遠都像一泓黑墨，不知道河底究竟隱藏些什麼。大年河流經城市這段行程，從來沒有見過人垂釣，最大原因這樣深度污染的河水根本魚蝦無法生存，何況是繁殖了。

我退休後沒有回歸兩河交匯而堪依迴的小城，卻落戶在黑流如墨而帶點異味的河畔，今天也還未找到真正的原因。或許在附近的橡樹林待久了，經常進出雙溪大年城，被這裡的人事牽緊了，溫馨的情誼像樹根一般盤結在我的神經細胞，使我無法把腳步抽離，便只好對著墨黑的河水每天聽她的怨語與哀吟！

每一條河原本都淙淙奔流、清澄見底而魚蝦優游自在的，而因人為對環境的破壞，把一切廢料傾注在流水中，改變了河流原本明麗的容貌。有天豪雨之後，恰逢漲潮，我車過老街場，望見橋下河中盡是飄浮的塑膠空瓶子、塑膠廢袋，可能被木柴枝條攔堵著，幾天後我經過那道橋，景物依然，沒有清理，也許等待另一場豪雨來沖滌吧！

大年河沉痾已久，兩岸住宅商店的廢物，尤其是機器油的排泄，直接影響河流變色。去年市議會見大河終年髒兮兮，有損大年城市容，決意要將河水漂白；不久遂看見一架挖泥機在河岸活動，把沿岸的爛泥填填補補。如今停工又一年了，大年河沒有被漂白，她依舊以烏黑的面貌向市民奏唱哀歌。

流出市區後，大年河呈現了另番風景，兩岸綠意盎然，蒼鬱的紅樹林展露自然強勁的特色，一直鋪蓋到海口。從紅樹林開始，河岸住宅逐漸稀落，最終絕跡。這時候，河水漸改臉色，不再以墨黑見人；到新造大橋鄰近終於出現點點漁舟，在渡頭停泊。

終年清澈冷冽的蕩波河（圖／冰谷）

從這些痕跡可以窺出，所有的河流原本都是清潔見底的，在人類尚未雜居河岸的時候。我住在房子密集的城區，只有無奈地面對污染墨黑的河流了。

冰谷夫人攝於霹靂河畔（圖／冰谷）

註釋

[8] 舯舡，音譯自馬來語「Tongkang」，意指大型木造舢板，船身高度比一般舢板高深，以便容納較多貨物。

福隆港，心情開放的地方

我國有三大著名高原：金馬崙、雲頂和福隆港，都是旅遊度假的好去處。同是高達幾千米涼爽如秋的避暑名勝，但景觀有別、魅力迥異，各以不同的色彩與面貌迎接國內外的遊客。

這次假期，我們一家六人，包括兩個孫，決定一起上福隆港。家人之中，除了兒媳及小孫兒，我們夫妻曾多次登山，這回算是舊地重遊。我們不選擇雲頂和金馬崙，因為那裡全是人造風景、欠缺天然，只有福隆港保持熱帶雨林的風貌，雲海山嵐、風濤鳥語，可以享受到原野的姹紫嫣紅，是一個遠離塵世、忘卻煩憂的地方。

福隆港地處霹靂、彭亨兩州的交接點，綿延七座山峆。我們從高速公路由北驅車南下，中午在新古毛（Kuala Kubu Bahru）用餐。新古毛是上福隆港的中途站，不管南下或北上的遊客，都要經過這兒。必須強調的是，旅客除了用餐，也別忘記為車輛加油，因為福隆港高原沒有汽油站。

由新古毛至福隆港山腳的分水嶺（The Gap）路程只有二十一公里，但全程都是陡斜的山路，曲折蜿蜒，這時巧逢雨季，很多路段有土崩的痕跡。道路循著河邊開鑿，一路有琮琤的水聲相送；愈行愈遠，路也愈來愈斜，左臨翠谷右環蒼嶺，都是揭起危險訊號的盤山狹道，要近乎一小時才抵達分水嶺。

分水嶺是霹、彭兩州的分界，也是八方車輛的匯集點，所有車輛都要在這裡等候關卡人員輪值時間，安排上山。按例規定是雙數時間上山，單數時間下山。從分水嶺上福隆港還有八公里，是一段比新古毛路更險峻、更陡峭、更狹窄的盤旋山道，所以只允許車輛單向行駛，同時車子時速不可超越十四公里。

約經過四十五分鐘，我們終於到了福隆港的小鎮（Pekan）。這裡有旅館、商店、餐廳、銀行和郵政局，是上下福隆港的關口。但是，我們沒有選擇在小鎮落腳，我們入住山頂的白雲公寓（Silver Park），離開小鎮不過五公里。

這時已是午後三時許，天氣晴朗，陽光煦和，不寒不燥。我們辦完入住手續，略作休息，便驅車遊山。

福隆港高原本名弗勒曉山（Llouis James Fraser's Hill），高達一千五百二十四公尺，十九世紀由英國人弗勒曉最先攀登並在這裡駐紮，經營採礦的生意。後人便以他命名這一帶的群山，華人則稱為福隆港高原。

我們沿著山路緩緩游覽，但見古樹參天、林蔭狹道，猿啼鳥叫，轉彎處往往令人陷於「山窮水盡疑無路」的忌慮，越過彎凹又有「柳暗花明又一村」的驚喜。叢林深處有炊煙，東一間西一棟的度假屋、食風樓，在山凹幽谷裡驀地現形，粉牆紅瓦，成為綠叢中引人注目的交點，使人有置身曠野猶在人間的感受。

高原的氣候變化莫測，暖洋洋的陽光甫從樹梢頭消失，山雨既隨著雲霧呼嘯而來，越過起伏的峻嶺和蜿蜒的幽谷，雨珠撒在松葉上，伴著風聲，彷彿是一組宏壯的交響曲！相隔不到半句鐘，當我們在小鎮晚餐時，雨水驟然停歇了，山風卻繼續加強它的聲勢，唬唬唬地敲擊我們的耳膜。

夜裡的小鎮比白天更寧靜安詳，沒有煩雜惱人的車聲，橫過馬路或踱過街頭，沒有任何催促和擁擠，毫無顧忌的不只是旅人的心情，連步履也顯得悠閒自得。

我們留宿的公寓峨立山巔，夜漸深晚涼遽降，才驚覺高處不勝寒，每個人身上都加一件外套或夾克，始湊足膽量走出戶外。打開大廳的玻璃，澄色燈光下是一片雲海，縹緲而磅礡的雲海。

冰谷夫婦與外孫攝於福隆港鐘樓（圖／冰谷）

我佇立雲霧裡，紓解了平日的繁忙和緊張。這時候，我胸臆一片空靈超脫，因為福隆港是使人心情開放的地方！

芳鄰狐貓

我說過了，我原本是個墾荒的種植人，數十年牛耕，在叢林蠻荒裡什麼鳥獸奇禽沒見過，為著維護農作，與之周旋拚搏，經常忘食廢寢。

退休後選擇鬧市歇腳，盡量忘卻那些年因農事與鳥獸對決的煙塵往事，沒料事與願違，兇猛的野獸雖然消逝了，鳥聲仍在，大蜥蜴與狐貓仍在，彷彿比叢林裡的更加膽大自恃，膽大到不懼人氣，甚至昂昂然登堂入室。

鳥聲是我所愛，蜥蜴與狐貓卻避之則吉了。在沙巴熱帶雨林中，若與大象野鹿相比，牠們只算是小傢伙，沒甚引人之處，可在城鎮住宅區現形，那就不尋常了，若被多事的記者瞥見，要圖文並茂上報啦！

習慣了早起，退休後依然保有那份心情，五點鐘即起來做晨運。雄雞不認輸，永遠要在黎明前把關，從「甘榜」那邊傳來陣陣啼聲；星子仍然調皮擠眉弄眼，大地依舊昏昏酣睡。我悄悄從第九巷起步，於路燈照亮下想在鄰近繞個大圈。

人靜。風定。大地無聲。空氣經過暮靄的梳理感覺清新舒爽，這情景一枚針掉落地上也可辨認。此時此景最宜晨運與沉思。多美好的早晨，我方舉步就有一陣馨香流入鼻腔，那是我熟悉的狐貓體味。這種雅號麝香貓的狐類，我數十年來行走橡膠、油棕與可可園林，無處不與牠打照面。牠那帶有薄荷味的體香，乃長期啖果所賜。

肯定了麝香貓之後，就要尋覓牠的位置。雖家對面有兩片面積頗大的荒地，但那氣味近在咫尺啊！狐疑之際，我遂將視線略為抬高，好傢伙，牠竟然在我頂頭的電線上漫步。該是昨夜在「甘榜」的果樹上飽嚐了美食，趁曙光未露時尋找蔽掩地。

這不是我的處女晨運，看樣子狐貓也非首次走電線吧！今朝我們不期邂逅在這條巷弄，是牠昨夜饞嘴遲歸麼？我猛然想起這時候該是果子的淡季，可能牠費盡心力尋尋覓覓才摸上了樹頂，在那段躲躲閃閃漫長的時間裡，牠得提防園主驚起的追捕，狂犬的吼吠，總之，對狐貓處處都是陷阱，危機也無處不在。

一隻小動物，在廣袤稠密的叢林裡生活，彷彿就是身在天堂，的確很悠遊自在的，但要在人氣車聲喧囂的鬧市裡圖存，縱使摘一顆或半粒爛果子，也是觸犯禁忌，要面對槍口與子彈無情的威脅啊！

城市裡，人與人的排擠已經是處在拚搏邊緣了，還容得下一隻狐貓來分享辛苦培植的果實嗎？在思考饑荒的生存定律時，我幾乎忘了自己早起的目的，對電線上的狐貓湧起了莫名的憐憫。

這裡是第九巷，人住的地方，屬於叢林山野的狐貓在此招搖，若被垂涎野味的獵人遇見，不但逃走無門，免不了變成一鍋香噴噴的野味。

看牠在電線上踏著貓步，不慌不忙，細如筷子的電線能讓狸貓的腳板站穩，已經屬高難度，四只腳尚作直線行走，簡直像雜技表演呀！以前在山打根人猿中心見過人猿靠繩索移動，是吊著身體雙臂一抓一鬆前進的，狐貓卻像人在行走鋼索，直著身體一步一步挪步，我不禁為牠捏一把冷汗。

短短的第九巷，卻按了好幾盞路燈，把整條巷弄照得通明，連多少根電線也歷歷可辨。狐貓那一對貓眼，如兩顆夜明珠，我的身影應該在牠的視程之內。看到高等動物卻不惶恐，淡定繼續牠自己的行程，我既驚訝又欽佩，在這樣一個人群繁雜住宅密集的、八面車聲危機四伏的鬧市邊緣生存，對僅靠四足奔逃的小動物來說，實在需要很大的勇氣呵！

看牠慢條斯理的舉措，我不禁為牠擔憂，希望牠盡快找到藏身所，在天亮之前離開第九巷。

* * *

我每天繼續我的晨運，與狐貓互不干擾。我們有時相遇，有時沒有。有段時期，彷彿狐貓失蹤了，我想它或許已遭人毒手，甚至被人燉成補品了。對狐貓的薄荷味香氣，不禁漸漸懷念起來。

有一晚，睡到半夜，天花板上突然「抨抨蹦蹦」響，是動物跑動的聲音。我住的是半獨立雙層房子，這麼高，我狐疑哪種動物有這樣的攀高本事，在我的屋頂上撒野。妻說是野貓，貓走路沒有聲音，於是我掀開窗帘，推開窗門想找出真相，就在這剎那，一陣薄荷氣味隨風飄入我的臥室。

我找出聲音的源頭了。是狐貓，我對妻說。

跑動聲響繼續在天花板上傳來，還發出「嘰嘰嘰」的叫聲，顯然有隻小狐，是母子同行。在這午夜的時刻，任何噪音都擾人清夢，我不懂整條巷弄狐貓緣何唯獨鍾情我，是屢次晨運碰面見我眼神溫柔麼？如果是，真後悔當初沒對牠露點凶相，即使對準電線「霍霍」地呵幾聲也好，也許這樣狐貓就對我有惡感，有惡感就會產生畏懼，畏懼就自然疏離。

妻並不這麼想。她說認定是屋前馬路邊果樹惹的禍。我在路邊種了一株大樹菠蘿，枝葉繁茂，因為枝椏卡住電線，經常遭砍伐。那些電線從對面拉進我家，剛巧遇到密麻交錯的樹枝，狐貓母子就利用這個方便爬進我家天花板，要與我為鄰。

怎麼辦？妻問。我直奔樓下操來一根長木棒，向著天花板「篤篤篤」地頂撞，希望牠們驚逃，還我清靜。四間房的天花板都差點撞裂了，沒有聽到驚逃的腳步聲，反而屋頂沉寂下來。

這樣連續鬧了幾個夜晚，我家的天花板才恢復原有的寧靜。我與狐貓，做了短暫的芳鄰。阿彌陀佛！

從鳥聲中醒來

每天，我從鳥聲中醒來。

身為一個墾荒的種植人，天天在叢林原野間進出，幾乎無日不聞鳥語。不想年老退休之後，在鬧市裡房子毗鄰密集的住宅區，每天清早還在鳥聲中甦醒，這的確十分令人驚訝，也十分難得。

別以為我聽到的鳥聲來自屋簷或牆頭的饞嘴麻雀，令人生厭唧唧喳喳；也非喙腳彤彤驅之不去的鴿子，只會咕咕咕的乏味荒腔。天才蒙蒙亮，最先從窗櫺傳入我耳膜的喜雀，一聲聲嘰哩嘰哩的報喜，彷彿向大地萬物宣揚：我是最早迎接太陽的使者！

居鬧市而聞鳥音，感激那家屋業發展商，讓我毫無選擇買到最後一條巷的住所；我的家對面是兩片空地，接下去幾百步就是果樹掩映、綠影搖曳的馬來「甘榜」了。每天天未露曙色，喔喔喔的雞啼就從那邊播放，比清真寺的誦經聲還來得早哦！

還沒搬進來居住，朋友來到一看，五個總有三個會說：「屋對準空地有危機，別人建幢高樓擋住風水，前景堪矣！」靠長期打拚辛苦累積所得買房子，錢已豁出去了，我已沒有退路，豎直第九這條巷也非我一家。家人遷入，一住十餘載，連孫兒都上小學了。上天庇佑，一路出入平平安安。

在偏離城市的園坵板屋坎坷了許多日子，家人才有機會在粉牆綠瓦中避風躲雨，讓我心中稍有慰藉。我依然為三餐兩頓東飄西蕩，繼續行走江湖。所以，家雖溫暖卻是我的度假屋，經常席不暇暖，一年裡住不上兩週日。也因此，對住宅周遭環境的變化，完全不曾留意。等到多年後退休，始發現家對面兩片不知主人的空地，不知幾時已變為一片萋萋的荒地了。

喻之荒地一點也不過分，有大蜥蜴與果子貍棲宿其間；不但棲宿其間，簡直當作是牠們的活動天堂，藉叢草灌木遮羞戀愛，交歡後繁殖了無數子孫。因為荒地連接著馬來「甘榜」，屋舍儼然中果樹縱橫錯雜，那些榴槤、紅毛丹、菠蘿蜜、芒果，我見之尚垂涎三尺，何況是鳥獸焉！

從小我就喜歡小鳥，還有鳥聲。感激荒地的主人對兩片地不聞不問，讓草生樹長，長得最高的為無花果，枝椏分佈均衡，圓形的綠葉迎風招展，乒乓形的果子垂在樹幹上，無色無味吧，鳥獸皆不饞。還有多種不知名的矮灌木，和伏地攀爬的闊葉豆藤，稠稠密密把那兩片地打造為住宅區的綠肺。

第九巷是條短巷，十餘間房宅也住不滿，其中只我家和鄰居對準荒地，因荒地左右兩側都建築了房宅。鄰居經過我家門前，總向那片荒地投以不屑的眼神，彷彿在說：「真礙眼啊，應該去市政局投訴！」話好像直衝著我而發。他們哪裡知道，那兩片荒地在我心中，是水泥森林中一片難得的綠肺啊！

——鳥聲就從那邊傳來。我說過，最早報喜的是喜鵲。喜鵲愛單飛獨宿，可唱起歌來又清脆又嘹亮，且非常活躍，這兒嘰哩嘰哩二、三聲，那邊嘰哩嘰哩四、五下，從聲音知曉牠在樹叢間忽東忽西，也許在搜索蟲子，也許在張羽刷毛做健身運動。很少有其他鳥兒像喜鵲早起練歌，更難找其他鳥兒像牠機靈活潑、精神飽滿而朝氣蓬勃。如果說太陽以亮光驅走黑夜，喜鵲即以歌聲啼醒大地，讓萬物張眼恢復生機。

我也向來早起，這原是身為種植人幾十年所培養。在位那段悠長的日子，每天黎明前荒林黝黝、鳥聲寂寂，大地仍在沉睡中我已離床。而今，告別荒山野嶺，有幸投入城市邊緣，卻要鳥聲呼醒，不禁有點汗顏。但是，除了愛嬉鬧愛展嗓門的喜鵲外，並非所有禽鳥皆在昏暗裡甦醒，咬緊住宅不放俗氣十足的鴿群和麻雀不談，白頭翁、火鳩和斑鳩就排在我後頭，當我掀開窗帘讓更多新鮮空氣流入肺葉，一陣「呵咯呵咯」聲彷彿有人在漱口，那就是白頭翁們發出的韻律——說韻律其實是客氣的措辭，應形容作音噪，刺耳的音噪。沒有人鍾情白頭翁，最主要是牠們的嗓喉太粗糙，卻因此樂得不被人拐誘，捕捉囚禁，自由在人間悠遊。白頭翁極少單獨現形，往往有三、五隻結隊，歌聲不濟，然而牠們懂得收斂，一陣「呵咯呵咯」之後，阿彌陀佛，聲浪就從那片荒地急速消逝得難辨西東了。

不明什麼原因，斑鳩罕見，倒是火鳩天天對著我的窗門大展歌聲，從未缺席。白頭翁飛去，火鳩就緊接登場了，牠們之間好像存有某種默契，歌聲從未重疊出現。火鳩「咕嚕嚕咕嚕嚕」啼叫時，東方已顯魚肚白、天蒙蒙亮了。

曾經是我童年伙伴的火鳩，性喜獨宿，兩雄相遇時就勃起頸毛搏鬥，因此被友族訓練為捕獵同類的媒介。人們獵鳥純粹為了牠的歌聲，火鳩不只音腔圓潤，且唱聲變化多腔，遭獵人關在籠裡吊高來鬥歌。

清晨有鳥聲從荒地傳來，我注意到火鳩原來藉甜美的歌聲尋覓伴侶。「咕嚕嚕咕嚕嚕」震翼抖技高彈輕奏，無非想招引異性青睞，天亮了才要振翼雙飛，有異於我們靈犀的人類。啼聲傳出之後，不久有了反應，鄰近樹叢裡即刻傳出嘹亮的回音，兩隻心靈相通的火鳩開始是一唱一和，接著愈飛愈近，最後雙飛逍遙去了。

我終於了解兩鳥對歌的歡愉，來自那片被鄰居詛咒的荒地。

荒地豈只是城市邊緣的綠肺，還是小鳥歌詠的表演場呢！我希望那兩片不見主人的綠肺永遠存在，讓我每天清晨從鳥聲中甦醒。

輯二：感覺人間真美好

香蕉的魅力

經過朵拉推薦，才知道，香蕉原來具有無比的魅力。那天她駕駛一部簇新的轎車，帶領沙巴的黃葉到訪。朵拉事前故意不說，十年不見，差點不認得是黃葉了。

大年城進步神速，堅固的森林從地起，但卻缺山也缺水，靈光一閃，就帶兩位去看布央谷古蹟。到達時竟細雨霏霏，柔柔地從巍峨的山林裡飄下來。

匆匆地到來，也匆匆地離開。離開時，我取道美濃舊路。一路是郊野景色，「甘榜」風光，屋舍儼然處，路邊總有三三兩兩的水果攤，吊著的擺放的盡皆庭前屋後不起眼的土產水果。

——停車！停車！我要買水果。

朵拉緊張地叫。我一看，那是掛滿各種香蕉的攤子，獨孤一味只賣香蕉。我正驚異，一路上有芒果、鳳梨、有榴槤、山竹，都是高品味的產品，什麼不喚我停車。

但是，尊重人客，我還是把車停在攤子前。

她一打開車門，即上前選香蕉。愛吃香蕉，奇怪的是她對香蕉品類似乎陌生，最後還是我代她選了兩掛澄黃清香的「berangan蕉」。

她滿懷興奮地上車。她說她和黃葉昨天在檳城人生地不熟，在鬧市裡穿梭了兩句鐘也找不到地方買香蕉，今天真如魚得水。

她買不到香蕉的事，我沒興趣，我只想知道她對香蕉緣何情有獨鍾。因為我本身平日愛吃蘋果和木瓜，季節性的水果是榴槤、山竹。香蕉實在缺乏吸引，罕有問津。

可是，一提起香蕉，朵拉就口若懸河、滔滔不絕了。但她不像醫生說香蕉維他命C豐富。她說：「吃香蕉最乾脆利落，尤其是出門行車，將皮一剝就可以張口了，不黏嘴、不髒手、不動刀。」

香蕉是最方便的食用水果（圖／農牧世界）

她講得有理，總不能出門帶把水果刀，在車上又切又洗，多礙事。

她眉飛色舞，詞語簡潔有力，一如她的文章風華。

你想，有什麼水果比得上香蕉方便，不用洗、不用切、不用去核、更不用冰凍！所以，香蕉的別號是「懶人的水果」。像我這樣的懶人才吃的。

一提「懶人的水果」便使我想起家裡，冰箱藏的蘋果、梨子，經常幾天沒有人去動，懶得洗切也。還有滿身堅刺的果王我買回來，總要老媽子動刀剝便裝在食盒，才有人動手動口。

經朵拉開竅，我才頓悟，向來被自己打在平凡榜的水果，原來蘊含著那麼多優點。今後不只出門行車，在家裡也應經常掛著一兩梳香蕉。

提供那麼多方便，香蕉不應只是懶人才吃的水果。

左手人節

那天駕車出門，扭開廣播，聽到主持人的聲音：「今天是左手人節。」接著又說：「組織這個節日的目的，就是為用左手的人爭取權益。因為很多製造出來的商品，都是供右手人用的。」

居然有個左手人節，為左手人叫屈，真令人拍案叫絕。

因為，我也是左手人。為左手人出頭解困，從沒有人提出，因為很少人注意過用左手的苦悲。

家貧，沒錢請女佣，太太兼顧孩子和廚房，有次想幫削瓜切果，以減低我疏於廚房的內疚。走進廚房，拿起削刀，要為青瓜削皮，糟了，一條縫口兩片刀的削刀只有一面利，另外那個原來是鈍的。我左手抓刀正對準鈍那面。但我不氣餒，試用右手操作，把青瓜削出深深淺淺的刀痕，太太心痛極了。「左手怪，讓我來吧！」她說完，一手奪過削刀，臉露異色。從此再也不敢獻殷勤。不想削刀只提供右手人使用，視左手人為無物，氣死人也！

我向來疏於儀表，但穿起長褲免不了褲帶繞身，這是起碼的裝扮，一路來沒發覺有什麼不妥。真的有不妥。一次餐宴時與舊友把酒言歡，突然他在我耳邊輕聲：「你的褲帶翻轉了！」以為他醉後亂語，忽然他加一句：「你看褲帶板上的英文字。」這一來，我可窘態畢露了。那個大大的「Dunhill」字果然像水中的山峰倒影。之後，我開始注意衣著，尤其串褲帶。這我才發現，自己是左手，以左手串褲帶，是打右邊褲耳穿繞；用右手的人相反，是打左邊穿繞。那些製造商的出品，全繞著右手人製造的，我這個左手怪，難免要吃虧。

也試過以右手往左邊串，文字坐正了，但要上化妝室，左手一摸再摸總扳不開那彎扣，弄得差點憋不住，急得我有如熱鍋上的螞蟻。結果，當我汗滴如雨從化妝室出來，一看，會場早已曲終人散了。避免再次當衆出醜，一氣之下把那些名牌褲帶全扔了，買過褲帶板沒有鑄上文字的，算解決了難題。可這樣把褲帶反串，褲帶尾向右，會不會是「反傳統」？

常聽專家說我們用右腦思考，慣用左手取得平衡作用，所以用左手的人一般上智商高、表現特出。這使我想起左撇子的中國譽滿羽壇的楊陽和趙劍華，打遍天下無敵手，成為天王。求學時代，我打羽毛球也用左手，曾經很努力地練習了好多年，可從未練出好身手，連班級代表都沒沾過邊，心裡不只納罕，也很不服氣。

私下想想：我吃飯用右手，更以右手書寫（幾年前才改用鍵盤），或許不能歸類為左手人。因為左右一齊運用，同時每天用右手的時間也不算短。

之所以左右手通用，就要歸咎於家父當年強蠻。我本屬純左手操作人，四歲時左手學用筷子，母親不允，我偷偷用，一次父親放工回來，二話不說奪過筷子，屈起右手五根手指向我當頭鑿下，怒目責罵：「再用左手就不准吃飯！」

從那天起，母親給我兩根竹枝，叫我天天在地上夾枯橡葉，兩個星期後居然可以用右手在餐桌上夾起混圓的花生米。

父親那一鑿，改變了我成為左手人的宿命。

另一個，是我的堂哥，家裡讀書最多的一個，從鄉間私塾練得一手好楷書，見我十歲還未入學，自動要教我寫字。卻沒料手一拿筆，就中招了。

他見我筆在左手，亮起戒尺往我手心背一敲，痛入骨髓。左手痛了，逼得改用右手，到我入學時以右手順順暢暢地書寫。見到幾個左手怪同學，把練習簿擺得歪歪斜斜，寫得又慢又辛苦，還不時遭老師罵。

堂哥那一敲，改變了我握筆的一生。假如電腦沒有出現，我的握筆生涯或許延續得更長，直到思路退化、腦汁枯竭。

能操左手，也善用右手，有朋友戲稱我左右逢源。其實不然，我的人生旅程，命途多舛、風波不熄，非但不能左右逢源，反而不時左右受敵，雖不致奄奄一息，也往往遍體鱗傷，惶惶終日。

也想改變命運，取其一，純粹用左手，或右手，惜已到而惑之齡，夕陽西下，舉措僵化，童年時代「一鑿一敲」那種輕易的改變，已經一去不返了。

欣聞有左手人節的組織，成為會員，則是名正言順的左手人，別無旁慮。屆時人多勢衆，製造商還怕不乖乖就範！小小的一支削瓜刀、普通的一條褲帶，還難得倒我嗎？

乳房之旅

回到遠古，一個嬰兒呱呱墮地，唯一可以供給的生命養分，只有母親胸前的乳液。哺乳動物來自人體的飲品，天然、安全、方便、聖潔、而且是不被污染的豐富嬰孩養料。

連未開化的古人——我們的祖先爺都知道，女性乳房天生的功能，是不斷供應乳液讓嬰孩健康成長。可以強調，毫無置疑，女性胸前凸出而彰顯的雙乳是天賦的生理機能，也是人類衍生繁殖的資本，更是女體關鍵性的性特徵，自然成為吸引異性的重要器官。

時代的進化和科學發展有很多事情意想不到，時代愈進步社會愈複雜，漸漸女性乳房原本的使命移位了，悖離了作為嬰孩的發育資源。而我們今天的嬰孩的成長依靠，只要走進霸級市場逛一逛，望一望兒童食品部那五花八門，大瓶小罐的各類奶粉，等級之繁，種類之多，繁複到令你無從選擇。

原來，女性的乳房早被母牛的巨乳取代了。

可並非今天的女性忽略了乳房，反而是強化了對胸前尺寸的重視。只是已不在從哺育下一代為出發點，而純粹側重於一種保留體態的審美角度。

誠然，這個意想不到的衝擊，也是始於社會的轉形變化，最重要是視覺的觀點變化。至於這種國際化的流行理念，是對與不對，正常或不正常，那就見仁見智了；同時，也不是短期內三言兩語就可以理出一個頭緒，作出一個一統化的接受標準。

時至今日，我們也不去追究誰是改觀女性乳房的推手。只知道性感女神瑪麗蓮夢露像一陣旋風，展示她的一對顛倒衆生的豪乳，隨點亮了千千萬萬只眼睛，尤其是男人的。從此啓開了女性對自身三圍的強烈要求，摒棄舊有的傳統觀念，開啓造山填海，尋找一段建造乳房之旅；花費巨款，在刀刃下忍辱負重，為求胸前更煥發潛力（說取悅男人帶有貶意）。

於是，尤其胸圍扁到可當飛機場跑道的年輕女性，千方百計尋找突破，造成諸多意想不到的脫軌效應，賠了時間金錢也罷，還得忍受手術後遺症的困擾，甚至連連呼痛。

有些事復古非但不是退步，而是過濾後的反覆沉思。也許說成覺醒更切實些。那就是還女性乳房一個自我——改稱自尊令女性太過沉重——掀開胸衣亮出兩顆挺拔的乳房，讓櫻紅小口吸吮。那比牛乳更具營養的人乳，才是真正的瓊漿玉釀。

不，是生命的泉源！

黃寡婦的豆腐卜

竟想不到，豆腐卜也經常撩起我對故鄉的憧憬——那麼平凡、隨處擺賣的食品，卻有如此差異的製作竅門，使產品形成多層次的口感。

無論是大城或小鎮，「巴剎」[9]裡販賣豆腐和豆腐卜的攤檔幾乎觸目皆是，舉手可獲。因為豆腐是普通日常菜餚，富於營養，人人要吃，價錢又非常大衆化。

這些黃豆演化出來的產品，千變萬化，可以液體和固體雙層身分登場，豆漿、豆干、豆腐花、豆腐卜、腐竹、豆支、豆餅，都屬於一個家族，其形態轉換令人驚嘆，但都是千家萬戶的桌上家餚。

我們家裡的餐桌上經常出現的，以豆腐卜排名領先，那是全家人的最愛，也是媽媽的標青廚藝。說切實些，那些釀製的豆腐卜：把餡料塞進空心的豆腐卜，一粒粒變成結實的乒乓球，然後才放入鍋裡煮。

釀豆腐人人會做，但製成可口的佳餚除了餡料配搭，作為包裹餡料的豆腐卜更要精挑細選，不然釀豆腐就變得五味不全，全盆落索了。

所以，十多年來，黃寡婦的豆腐卜成了媽媽的金字招牌，沒有別家引起她的胃口。

我們家裡，買菜是媽媽的專利，尤其是自從她學會了踏腳踏車以後。媽媽上「巴剎」，從不拿菜籃只是把各種菜吊在腳踏車扶手兩邊，搖搖晃晃地踏著，由街上踏到家門口。而媽媽每次上「巴剎」，有一種東西一定少不了，就是圓鼓鼓的豆腐卜。

江沙雖然是個小城，但「巴剎」的豆腐專賣檔有好幾家，不少菜攤也同時兼賣豆腐，所以競爭十分激烈，各家製作出來的產品手藝不同，品質差異也大。媽媽意屬的那一家，始終都不改變，永遠是黃寡婦親自監製的出品。

江沙有座古老的地標，就是大鐘樓，大「巴剎」就在古鐘樓側邊，整座建築躲在大街商店後面，把擁擠和嘈雜無形地標隔了。走進去，才知道是魚菜瓜果的天地。但黃寡婦的豆腐檔並不在「巴剎」，而是擺在「巴剎」尾側邊，一個極不起眼的角落。黃寡婦坐在板凳上，擺在竹篩內的豆腐和豆腐卜用一個木箱墊住。她就這樣接待顧客，連檔子都省了。

媽媽經常誇讚黃寡婦的豆腐和豆腐卜，色香味俱佳，如何如何出色，但我從小嚐過的只此一家，因為媽媽寧可缺貨也不移情別家，使我無法從中分辨高下，直到我離鄉背井……。

高中畢業，終結了我的學海航程。離開江沙——我的故鄉，腳步朝向北，環境改變後，再難買到那樣口感的豆腐卜了。渾圓、內空、淡黃、柔夷，這就是故鄉豆腐卜的特質商標，也是其他地方製作難以比擬的。

異鄉的豆腐卜，是四方形的，實心又堅韌，難煮得柔軟，只能當咖哩米粉的佐料，換過多家產品如出一轍。實心的豆腐卜，使媽媽無法施展廚藝。所以，離鄉之後，媽媽對釀豆腐已意志闌珊。這時，我才頓悟故鄉黃寡婦豆腐卜的特質，以及媽媽始終鍾情專一的道理。

所以，每次回鄉，離開的時候，我總不會忘記清早到「巴刹」旁買一包豆腐卜，當然同媽媽一樣的品味，黃寡婦的製作。

註釋

[9] 巴刹，源自於波斯語，即臺灣俗稱的「菜市仔」或「傳統市場」，在馬來西亞和新加坡，巴刹被分為「乾巴刹」和「濕巴刹」。售賣魚類水產以及菜場被稱作「濕巴刹」，而售賣食品的地方稱作「乾巴刹」。

遊子過年：擠車票

記憶裡，過年都是在人潮擠擁中度過。

童年時，留下最深刻印記的，是擠戲票。那年代新年除了看電影，再也難找其他去處，電視、錄影、CD的概念尚未茁芽。

離鄉後做了遊子，過年成為一年一度苦樂參半的活動。

成年後心境有異，擠戲院的渴求淡去，卻為了親情的溫馨趕路回鄉，一站又一站地擠巴士。

尤其在婚後，又平添了幾個包袱，夫妻兩牽著三個小猢猻，擠巴士遂成一項苦差；但總禁不住新年的團圓召喚，一百五十公里的山與水，轉車換站，抵家門往往已是黃昏。

六、七〇年代，高速公路未鑿，從北馬到江沙，是一條彎彎轉轉的蜀道，越峻嶺、過湖泊、穿山洞，一路顛簸蜿蜒。途經的車站，園坵——大年——北海——巴里文打——太平——江沙，每一站都要在人潮中「擠、鑽、推、擁、撞」，為了爭位各出奇招。

那時候車站不賣票，開車時間到了，售票員才慢條斯理上車逐個問路程，然後剪票收費。所以，實際上車站是讓人客和車輛休息的地方。但是，過年期間的人潮令巴士不但沒有停歇，往往車一進站輪子還在轉動人客即爭先恐后擠上去了。

經常是我先擠上車，霸幾張位子，等妻兒上車。這方法不是每次都靈驗，有時擠到一、兩張位子，只有很無奈地讓位下車，舒展筋骨吁口悶氣、蓄足精力，等著擠下一班車。

新年落在每年的一、二月，北馬正值乾旱，驕陽如火，橡葉飄飛。那年代巴士既無冷氣，又無VIP設計，整輛巴士就像一座煉丹爐，焗得你汗滴簌簌。為了一個年我攜妻牽兒，在滾滾的熱浪中爭奪座位，一路輾轉復輾轉，擠上又擠下，目的是尋找慰藉母親渴望團圓的那顆心。

上車下車，進站出站，百餘里路經歷五個站，除了園坵到大年一站乘客稍微冷清、不必擠，其他各站得拚足氣力，才贏得座位，讓一家倉皇上路。

過年捎來歡樂，也帶來煩惱。現在大道便捷，一票可從北到南，輕輕鬆鬆上路。驀然回首，幾十年的演變，直教趕路過年的遊子無限感嘆呵！

童年過年：爭戲票

童年時，過年是甜蜜的夢想。

雖然家貧，住在亞答板屋，但母親仍不忘在門楣上貼著「出入平安」的紅條，大門兩旁換上一對春意盈然的對聯。

什麼「天增歲月人添壽，春滿乾坤福滿門」、「爆竹一聲除舊，桃符萬象更新」，換來換去總是老套，但母親樂此不倦，除夕一到就囑我撕下舊聯，把新買的一對貼上。

那時我們住在小城郊外的橡樹林裡，左鄰右舍七、八家清一色都是廣西人，全是操膠刀為生的。廣西人過年過節，都搭早班車——天未亮即宰雞殺鴨，六點半爆竹四處響，大家在趕著上香拜神。到了清晨八點每個人都在享受除夕的團圓飯了。

廣西人把慶祝佳節排在早上，和他們習慣清早摸黑出門割膠有關。

吃完團圓飯，是自由活動時間。五〇年代電視還未出現，錄影更孵在遼遠的夢裡，過節擠戲院成為眾人唯一的目標。雖然是粗製濫造的黑白片，卻已是最高的視覺娛樂了。

小城那時有兩間戲院，邵氏、國泰瓜分天下。戲院不單沒有冷氣，內部結構也差勁，地板平鋪，木板座椅，有些位置還被圓柱擋著視線。但過年加場都場場爆滿，席無虛設。戲院平日只放影三場，新年加倍，早上八點半即開始第一場了；另外，還多一個半夜場，通常是放映不同影片。

我吃過年飯，恰好趕上第一場電影。可是，每次到戲院一看，售票處的小窗未掀開，前面人群早擠得水洩不通。那時先到先排的風氣未形成，那種爭票的粗野動作，下擠上壓，左推右攘，為了一張戲票人群不顧你死我活的堆疊成一座涌動的小山。

擠票的多數是魁梧壯漢，個子瘦小的我自然沒有膽量爭票——以我的氣力也擠不進去。我常常站在近處等機會，把紅包錢捏在手中，看見認識的大人要去擠票，即刻衝過去央求幫忙。有時成功有時失望，因為戲院限買五張票，大多數人擠票前手中已滿額了。

所以，有時從早上等到下午，都沒法進去戲院。那情景，為了滿足戲癮，就得忍痛多花幾角錢（那時一等位不過八毫）向印度人買「黃牛票」。

電影熱潮從除夕掀起，直到年初六溫度稍降，過了初九才回歸平靜。因為大家都啓開新一年的征途了。

離國過年：催機票

根據習俗，華人最重視的節日，是過年。「每逢佳節倍思親」，遊子無論落腳何處，新年一到就要回鄉，最遲也要趕上除夕夜的團圓飯。

半生從農，契約一簽便身不由己，從離鄉到去國，像風中的一片落葉，愈飄愈遠，愈遠就愈懷念過年的溫馨。

童年時過年，是爭戲票，趕幾場電影新年就隨爆竹聲遠去了。

成年後離鄉，過年是一張張車票，一張張車票湊成回鄉的路向；逐站逐站擠車位，為了與母親共桌享受那頓團圓飯的溫情。

百餘里的那段路走了二十五年，我趕了二十五個新年。從單身到結婚，從結婚到要霸佔五張座位、剪五張車票。

愈飄愈遠，中年時離開半島，向風下之鄉展翅，過年變作一張張機票，一張張機票串成回鄉的航線，穿雲越靄，焦慮的母親與妻兒等候在貼上紅春聯的門扉。

一年一度雁歸來，歸來是母親與妻兒心中的關懷，是遊子殷切的等待，等待一張小小的飛行對號。從年頭等到年尾，不到最後難揭曉。直到進入機艙那一瞬，才算吞下定心丸，離境回鄉。

辦機票由人事部掌管，人在山林，常以電話催票，從年頭催到年尾，都是沒有確定。那時馬航獨攬航權，班機有限，明知年到遊子歸家心切，卻有不少人被逼吟唱望鄉的歌！

愈飄愈遠，最後飄落在南太平洋的島國，用四張機票湊成的航程，十餘小時的浮動距離，過年回家成為更大的困擾。流水到處有華人，中國、香港、臺灣、新加坡和大馬的華人血脈相通、根源一致，於是各自為了一碗團圓飯，一齊爭離境的機位。

做了幾十年異鄉客，最理解遊子過年的心情。一張小小的車票、一張窄窄的機位，比什麼都重要。那是過年遊子最大的投注。

童年時爭戲票，青年時擠車票，中年後催機票，成為我半生的過年寫照。

ISSUED BY
MALAYSIA AIRLINES
CONJUNCTION TICKETS
04
ENDORSEMENTS/RESTRICTIONS
VLD ON MH ONLY//1ST INTL
O/BOUND SEC VLD DTE/FLT SHOWN
Passenger ticket and baggage check
Subject to conditions of contract in this ticket
DATE OF ISSUE
20SEP04
ORIGIN/DESTINATION
AIRLINE DATA
ISSUED IN EXCHANGE FOR
NAME OF PASSENGER (NOT TRANSFERABLE)
LIM/SENGHENG MR
IATA BSP
PASSENGER
INTER PACIFIC
50490 KUALA LUMP MY
PLACE OF ISSUE
X/O NOT GOOD FOR PASSAGE FROM CARRIER FLIGHT CLASS DATE TIME STATUS FARE BASIS NOT VALID BEFORE NOT VALID AFTER ALLOW
KUALA LUMPUR MH 0372 D 25SEP 0900
TO BEIJING CAPITAL MH 0373 D 30SEP 1635
TO KUALA LUMPUR
TO = V O I D =
TO = V O I D =
NOT GOOD FOR PASSAGE
BAGGAGE CHECKED UNCHECKED PCS. WT. UNCHECKED
FARE
MYR 3254.00
FARE CALCULATION
EQUIV. FARE PAID
20.00YD
TAX/FEE/CHARGE
MYR 20.00YD
TAX/FEE/CHARGE
MYR 45.00MY
TAX/FEE/CHARGE
MYR 62.00XT
FORM OF PAYMENT
INVAGT
APP. CODE
TOUR CODE
NTA
TOTAL
MYR 3381.00
ORIGINAL ISSUE
A/L AGT. INFO
7906/ AA-DC
CONTROL NO.
2644906761 5
CPN AIRLINE CODE FORM AND SERIAL NUMBER CK
3273708108 6
DO NOT MARK OR WRITE IN THE WHITE AREA ABOVE

馬航獨大時代，新年回鄉機票比什麼都珍貴。（圖／冰谷）

學電腦的苦樂

讀了黃吉生先生近日的專欄〈從爬方格子到當啄木鳥〉，也想把自己學習電腦的經歷公開，與大家一起分享其中苦樂。

今天能夠用電腦記錄思維，組成文字，已故文友丘梅是個大功臣；沒有他熱忱鼓勵，可能現在我還是個爬方格子動物。那是一九九四年間的事，我正像一隻啄木鳥飛出沙巴州的叢林，棲息於山打根。有一次回鄉度假到怡保訪丘梅，他那時主持一份三日刊《民生報》，在正籌劃另一份新刊《勁報》，他叫我寫一個專欄兼負責沙巴當地新聞。

丘梅當時已用電腦寫稿及處理文件。他勸我也學電腦，並且說很容易上手的。坐言起行，說完馬上囑職員複印了一本厚厚的《倉頡字典》以及《倚天輸入法》交給我，說：「跟著學，包你三個月就會了！」

《勁報》如期出版了，我卻不能如期學會電腦，我的稿件全以傳真發給丘梅的。我手拿著那本《倚天》指南，日、月、金、木、水，又看看電腦的鍵盤，A、B、C、D、E，一個字有四到五碼，其中的變化難以捉摸，屢試不通。缺乏天分，唯一的補救方法就是去電腦中心惡補。但我的運氣實在太差，學沒三天，連電腦的基本操作還未摸清，工作的園坵易主了，我又重回半島，在大港（Sungai Besar）半路的森林裡開荒，重過啄木鳥一般忙碌的生活，學電腦的計劃又落空了。

不久離國，落在一個用四張機票連成的沒有漢語的國家，整個山寨裡只有我一個受過中文教育，學習電腦的事更束之高閣了。想不到四年之後，公司實行全面電腦化，而由吉隆坡總部寄來的電腦中，有一臺居然有「中文之星」系統。這一發現，竟重燃了我對電腦學習的夢想。

於是，回國度假時，我把塵封已久的《倉頡字典》和《倚天輸入法》從書櫃裡找出來，和我一起騰雲駕霧，來到寂寞的山寨，成為我晚間或週假無事的研究對象。過去幾年，我一直用筆填格子把島上的奇風異俗寄給《商余》。我沒有黃吉生先生一小時千字的神來之筆，一篇千五字的散文從起稿到修定，至少是幾天的搜索枯腸。我學電腦的最大目的是想加快創作的能力。

山寨裡沒有電視，同事工餘之暇不是看VCD，就是聚賭，我連麻將都不會，所以閱讀和爬方格子成為我平日的消遣。現在，多了一項電腦學習，每天晚飯後獨自躲進辦公廳，對著屏幕啄鍵盤。A是日、B是月、C是金、D是木，生吞活剝靠死記，先學單字，啄不出的字就翻《倉頡字典》，漸漸地啄出的字多起來，興趣也隨之提高。經過三個月不斷琢磨、推敲、思索，居然能夠打出句子了，心中的喜悅，真是無法言傳。

從第四個月起，無論信件或文稿，我都不再靠填方格子了。可惜的是，山寨裡沒有衛星網，完成的電腦文稿還是要投寄，無法以電郵方式傳給報館。

退休後回到國土，才恍然大悟原來有那麼多簡便的輸入法，而倉頡是其中最複雜難學的一種。今天，每當我打開電腦屏幕，我總會想到丘梅，他盛意拳拳的鼓勵。遺憾的是，他在我離國的次年，便英年早逝了，從未親自閱讀過我的電腦文稿。

新年，一個永遠美麗的期待

從童年開始，新年對我就是一個美麗的期待，那種過年的渴望情懷，不因為貧窮而改變，不因為環境而變遷，也不因為沒有新衣新鞋和新帽而憂慮煩惱。

那時住在亞答屋，飯廳的板壁間掛著幾個日曆，畫面都是電影女明星擠眉弄眼，當時流行的那一類。每回吃飯時我總不忘看看板壁，想從日曆的厚薄揣測新年的腳步，希望日曆快快撕完，以迎接歡樂且洋溢興奮的日子。

當然，那是孩童天真的奇思幻想，日子不會因為我的殷切期待而加速步伐，提早報到。父親還是依照秩序，一天只撕去一張日曆，日子仍然慢條斯理、毫無衝勁，而引頸期待的時間似乎對我有意對抗，故意延宕。

我們一家向來以割膠為生，工作包攬製膠片、曬膠絲、除園中雜草，所以全家上下天天營營碌碌，好像採花蜜的小蜜蜂一般倥傯，難得歇息，包括年幼的我在內。我們母子是好搭檔，母親操膠刀，我拾膠絲、抹膠杯，母親每割完一棵橡樹，我就拿膠杯去承接膠汁。

只有在農曆新年，全家獲得歇息。這是我期待新年的主要原因。通常每年在除夕前幾天，便開始放下膠刀了，全家總動員開始大掃除，準備迎新送舊。此外，母親還要趕辦年貨，還要和姐姐做各種應景糕餅。母親撐起整個家，也同時主宰有關新年的一切。

等到一切準備就緒，新年也翩然來到了。前後幾乎有十天的長假，招朋呼友、吃喝玩樂，見面「新年快樂」、「恭喜發財」，大家陶醉在鞭炮連天的歡愉氣氛裡，忘記了過去一年裡所有的愁慮和艱難。

直到過了年初六，從《通勝》選個亮麗的良辰吉日，才重握膠刀。這是我們窮無立錐之地人家的過年，十天歡慶例為一年中最閒適安逸的享受。我常常意猶未盡，沉醉在新年的尾聲，就被母親凌晨搖醒，帶著十分慵懶的心情回去膠林，重過那抹膠杯、拾膠絲的苦役了。

每次新年，都是落在晴朗的旱季，再回橡林的時候，橡樹已經落盡了葉子，只剩下光禿禿的空枝指著一碧天藍，陽光也比平日炎熱強烈，彷彿要將整片橡林蒸發掉。所以，新年過後重踏橡林，特別感到辛苦，膠汁也滴得少。

有幾戶鄰居，是小園主，身有積蓄、家有餘糧，往往新年一停工就直落到三月，等到雨水重來、橡葉萌長的蔭涼季節才復工。對他們，我只有投予無限羨慕；我們賣膠所得，有一半要歸屬園主，割的又是老樹，收入非常有限。是故，新年過後即時開工，母親是為一家大小解困。

雖然這樣，童年時，對年我還是極其期待的。短暫的休息，蓄精養神，再度出發，為了走更長遠的路。

畢業以後，棄擲了膠刀，卻是在橡樹林裡打雜。先是離鄉越州，後是離鄉越島，最後是去國越洋，形單影隻、孤軍上路。

在咀嚼飄泊種子的歲月裡，新年不但成為休假的一項渴望，更提升為對家庭與親人的甜蜜夢想。

經過長年的生活淘滌、歷煉、轉折，心境已不再像童年時那樣純樸，對新年的期望也逐漸繁雜起來，團聚和親情的呼喚已排擠在最前。所以，擁有一張回程機票，準時趕上飛機，是新年最大的心願。但有一點從童年到今天始終不變的，就是新年永遠是我心中一個美麗的期待。

文學書寫人生

凡文學，其實都是人生的軌跡書寫。不管詩歌也好、散文也好、小說也好，甚至於戲劇，筆觸無非都為自己，或為別人的人生軌跡作記錄。我始終覺得，文學離不開生活，生活也離不開文學。

從我的寫作生涯談起，在六〇年代出版第一詩集《小城戀歌》，內容涉及的是童年跟隨母親在橡樹林裡生活經驗，還有小城的風土文物，雖然經驗不足，筆觸疏淺，卻是我初期的笑聲淚影，顯示我過早經歷人生的歷煉。

中學畢業後，我離開了小城，踏入社會，在吉打中部一個橡膠園打雜，開闊了視野，對人生的體驗增加了一點認知，藉著一點年輕人的激情，和大山腳的文友組織了棕櫚出版社，在七〇年代出版了《冰谷散文》，其中有兩篇作品被不同出版社選作中學教材，同時被編者評為是描寫膠林的典範作品。

這些，不過是我人生軌跡書寫的一部分。假如不是投入綠色膠林，我的筆觸不可能以膠林為描寫對象，可能產生另外一種人生書寫。

我本身是一個種植人，從事農業近四十年，從橡膠、可可到油棕，所接觸的層面都是山山樹樹，所以我寫了詩集《血樹》和《沙巴傳奇》，著名詩人吳岸和王潤華博士替我作序時，說我是馬華寫作人中以樹為描寫題材最多的作者，實則，我的筆尖也跟著我的人生軌跡運行。稍後，我離開國土，在南太平洋的索羅門群島生活過六年，兩年前出版了散文集《火山島與仙鳥》，便是我對索島的風土人情、奇風異俗的描述，也是我人生留下的另一道軌跡。

今天這本由雙福出版基金和有人出版社聯合經營的《走進風下之鄉》，可以說是《沙巴傳奇》的續篇，我把那些無法以詩歌形式的體驗以散文的筆觸記錄下來，其中主要的書寫內容都涉及與森林野獸蟲蛇的鬥智鬥力，以及耕農披荊斬棘所面臨的種種考驗。

風鄉的森林經驗，小說家潘雨桐寫過，因為他也和我一樣，都曾經投身在沙巴林野裡，也真巧合，我們都在同一片叢林裡奔波，只是園地換了主人，我們並沒有在那片林中相遇，直到今天我們依然緣慳一面。不過，我相信，他一定嚐過我親手種植的榴槤。

把自己的人生軌跡記錄下來，如果能夠感動讀者，那就是所謂的文學。我不敢說《走進風下之鄉》是部成功的文學作品，但我已盡力去經營這些文字。（本篇為散文集在大山腳推介禮上的講詞）

人生三部曲

我把自己的人生，分為幾個階段：年輕時想飛，中年時想跑，到了年老就慢步。

想飛的年代飛一般晃過去了，什麼痕跡都沒有遺下。想飛，當然只是一種幻想，青春夢裡的憧憬，隔著一道現實無形的厚牆。

走出校門，踏入社會，恍然覺悟，原來世界並非那麼瑰麗，甚至充滿殘酷與冷漠。飛的夢想化成泡沫，破滅了。

不像日落，飛逝的青春一去無影無蹤，想飛的意念永遠只是幻覺。

回到現實，把眼睛張大些，看清楚更多事，知悉自己拐過不少彎曲路，省悟過來時，中年的大門敞開了，「那人卻在燈火闌珊處」。

想飛的時候飛不起，到了中年落在後頭，唯一的辦法唯有「追」。去日不可留，來日尚可追。清醒後，開始急馳奔跑，企圖趕上時代，爭一口氣，尋找一個溫馨的降落點。

但是，無論如何拚搏，跑到兩腿發麻，身心疲累，還見不到黎明的曙光，開始有些迷茫，究竟哪裡才是彼岸？

想跑的中年，終在迷茫中度過了，遺下的是華髮蒼蒼，心神蕩蕩，還有是蹣跚的步伐。

雖然步伐緩慢，但還得往前探索。

這，就是人生！

驀然回首，看見天空裡一隻蒼老的紙鳶⋯⋯。

稿紙情

最近讀到幾位爬格子的文友埋怨，書店越來越難買到稿紙了；我不禁慶幸自己學會電腦，已經與稿紙絕緣眨眼八年了。我與稿紙共處了幾十年，接觸過各種各類的稿紙，從三百字到五百字，由普通稿紙到航空稿紙，後來固定了專用五百字的超薄航空稿紙。我習慣了以稿紙書寫，後來無論寫信或投稿，一律用稿紙。所以，我每月消耗的稿紙數目相當，不是我創作勤快，而是我書寫頻繁，來函必覆，以致每月稿酬不足補貼稿紙和郵費。

但我卻樂此不倦，書架常常擺著幾本稿紙，儼然像一個經驗豐富、創作勤快的作家。比起小學練習寫稿時代，稿紙耗完了到書店以兩「毫子」[10]買十張八張，不可同日而語。

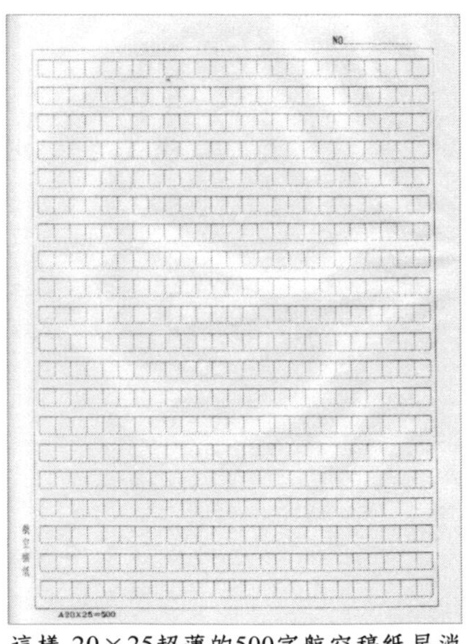

這樣 20×25超薄的500字航空稿紙早消逝商場（圖／冰谷）

電腦還未霸道的年代，不只書店、文具店充塞稿紙，連一些雜貨店也見獵心喜，擺放三幾本稿紙；或許不少人也像我，把稿紙當作信箋用，一格子一格子慢慢填，把情感輸進去，覺得蠻過癮吧！

印象中，我在半島不曾遇過買不到稿紙的事。首次遇到稿紙斷市的地方在風下之鄉。幸虧那時期我主要是寫詩，十多二十行抄得齊整些不用稿紙編輯也能接納。

後來我在信裡與清強提起，他竟然一口氣空郵了十本稿紙到來，而且全是五百字的超薄稿紙，使我樂開懷！我又不是寫長篇小說，哪裡消耗得了。直到我回歸半島之際，尚存七本稿紙隨我上飛機。更意想不到，這些稿紙還陪伴我去索羅門群島，填滿異國風情後又分批寄回大馬的報刊雜誌，讓讀者咀嚼那些方塊文字。

不久，我自己按書摸索，學會了電腦，剩下的五本稿紙又成了桌上的擺設。經過多年歲月的洗滌，漸漸稿紙開始有點發黃了。到二〇〇一年我退休的時候，這些隨我流浪的稿紙又跟著我「榮歸」家門。

那時清強還沒有開始中文電腦的操作，有一天他到寒舍，我把那幾本微微帶黃的稿紙交還他，並說：「多謝多年來的稿紙情，剩下的也該物歸原主了！」

其實我還保留一本，那已非稿紙，而是一疊深厚的感情！

註釋

[10] 馬來西亞貨幣單位，一令吉等於一百毫子。

趕除夕

在我們的家，現今的除夕晚與過去的，有截然不同的色彩步調。

童年時家在僻野，離城遠，交通不便，當年的氣氛漸濃時，父母親就忙著準備一切了。最先是工作上的忙，冬至一過，就天天出門割膠，希望多爭取膠汁，能多賣一些錢度過年關。

除夕前幾天，鄉居的割膠人家便收工了。父親和堂哥把乾膠片綁成一疊一疊，用那輛老爺腳踏車推到霹靂河邊，截汽船溯流載進小城去賣。那時刻，每個人都在趕除夕，小城比平時熱鬧，街邊有兩攤春聯專賣檔，爆竹甜點臘味滿街擺賣。

母親主宰一家經濟。她從樹膠店出來，就帶著我趕去辦年貨。那間每月都光顧一次的雜貨店，所有貨源擺設煥然一新，全以新年為主題，鄉下人著重臘味，臘肉、臘腸、臘鴨，不只因為一年一次，主要是可以久藏，所以成為母親必選的年貨。柑橙柿餅等應景的水果，金銀香燭神料，無一可缺。

母親也不忘選購幾張大紅紙。新年紅紙的用處可多了，那時紅封套匱乏，鄉下人都以紅紙封紅包；還有自造的油罐香爐外層也貼上紅紙、鋪神龕、窗櫺門扉，瓦甕米缸，全要貼得紅彤彤，母親說紅色是吉利，企望新的一年凡事順意。

母親接著走「巴剎」，但不是買雞鴨和鮮魚。雞鴨鄉下人家家有，鮮魚路途遠，買回去失去新鮮。必備的年菜是生菜、唐山蒜、芫荽、香蔥、髮菜、白菜；當然豬肉和燒肉更不可或缺。

年貨買齊後，乘船順流回去，開始佈置豐富的除夕團圓飯了。

遠去的年

過去的年，已成歷史。但是，那種年味特別令人懷念，那種過年的緊張氣氛，也彷彿歷歷猶在眼前，成為每年臘月頻催的深沉記憶。

童年時對年存有天真和幻想，總在悠悠的日子中期待，盼望咚咚的鑼鼓聲和砰砰的爆竹聲；往往一覺醒來，新鞋新衣已擺在床邊，一聲恭喜或祝福，紅包就順利入袋。

少年時活動的天地增廣了，開始懂得招朋呼友同樂。紅包到手之後，第一要事是找三五伙伴，趕去戲院爭門票。五〇年代沒有人自動排隊，不爭，你只有眼巴巴看別人入場，一天放映五場，場場爆滿，雖然那是內容陳舊節拍奇慢的黑白片。

童少年以吃喝玩樂為主題的年味，隨讀書聲遠去。

畢業以後走入社會，過年變成了回家的契約。無論工作多繁重，循例都要休假。離開半島，走進風下之鄉，過年更變成了一場機位爭奪戰，因為機票是鄉愁唯一的解藥。馬航獨霸天下的時代，一張機票往往是一串長長的相思；儘管提前預定了，但不到最後一刻，航空當局不會確定你的風向。

所以，在飄泊者眼中，過年永遠是一個焦慮的等待——等待一張小小的飛行票據。

年味，在不同的人生階段，呈現不同的況味。

累贅的行李

飄泊索羅門群島的六年歲月，公司每年都付兩次回國機票，讓我重拾親情的溫馨；其中一次總是選擇農曆新年，這華人一年一度最深切期待的歡慶日子。

這飄浮在南太平洋彼岸、有如遠在天邊的島國，從檳島起飛到達我紮營的島上，要經過四次轉機換站，再乘兩小時快艇渡海，始抵終點。銜接式的機票，異常方便；寄艙行李也是「一站式」起落，不必每站親自動手搬運。

排除在機場候機的時間，單算飛行就要十多小時；經常在澳洲的布里斯本還得夜宿一宵，才有飛機繼續行程。所以，那段顛簸的日子雖然思鄉的心情殷切，但每想到孤獨又漫長的旅程，往往飛行成為一種心靈負荷，興奮中帶有縷縷不安同沉悶。

索島以海產著稱，價廉而物美，回鄉又恰逢佳節，是故新年那趟飛行，我總有好幾件寄艙行李，一箱鮮魚和龍蝦、一箱魚翅、一箱土產、兩箱海參，浩浩蕩蕩。這些異國價廉的海鮮和土產，除作為親友佳節的禮品，剩餘家裡尚可食用一段時日。

有一年歸來，正當飛機徐徐降落檳島機場時，突聞機艙播出我的姓名，以為是報佳音，聽完之後不禁憂心忡忡，我的寄艙行李全部未到，不知流失在哪一片天空。下機後，馬上憑票向機場辦事處報告；獲得保證，行李一到，火速依址送到。

多年的飛行經驗，這樣的事件本屬平常，但是我的「行李」非等尋常，七星斑、老鼠斑、海底雞和龍蝦，抵達國門後全是名貴的海味山珍，雖經過密封冷凍，但多日的搬運飛行，再錯誤延擱，結果真難想象。可也別無對策，除了在家等消息。

第二天，電話來了，只收到行李中的兩件（箱），我擔心的那件未到，機場服務員說仍在尋找。直到第三天，德士（計程車）才把另外三箱行李送到；雖然全部沒有遺失，但打開箱子，冷凍密封的魚蝦軟化了，已失去了新鮮度。

我想：假如回鄉的行李簡單些，輕裝上路，就免除了一份牽掛，回鄉的心情也更加輕鬆愉快。

致妻遺書

當生命剩下最後一小時，我最先想的人就是與我同甘共苦的妻子。我會趕快拿起紙筆寫下一封遺言。我書寫的速度雖慢，但要拼湊七百字，尤其不必講求文詞華美的普通信件，一小時足夠了。

親愛的×××：

很感激年輕的時候你沒有嫌棄五短身材、相貌平凡的我。我既缺父母餘蔭，又無高等學位；以一個只有中學文憑的膠林雜役，住在一間英殖民時代遺留的殘舊板屋，卻有幸迎接你入門，成為板屋的新女主人。

上要倖養老邁的雙親，下有一小妹，以微薄的薪酬支撐一家四口，但你卻不在乎，心甘情願陪我捱苦度日，共同拚搏，仰望一個幸福的未來。那時候，我除了一份對工作的堅持和熱忱，一顆愛護家庭的真誠與忠耿，我什麼都沒有，可是你卻對我說：「有了對工作的堅持和熱忱，有了對家庭的真誠與忠耿，便擁有了一切！」

感激你對我的信任和瞭解。也感激你對我的支持和體諒。輾轉十多年同舟共濟，在同一個膠林綠葉下，在同一間殘舊的板屋裡，年近四十而人生旅途依然原地踏步，不同的是家裡增加了三張口，平添了熱鬧的氣氛，而歲月也同時在我們的臉頰雕下紋路。你的家務負荷加劇但你卻任勞任怨，沒有絲毫懟言。

為了尋找另一個出口，我終於選擇離家，在異國的原野放牧，把整個家庭的行政交給你。離開園坵，靠租貸房屋過日子，幾度被逼遷，你以一個弱質女流卻能調度人力，安排運輸，把一切處理得妥當貼切，讓身處異城的我無後顧之憂。尤其是我的藏書，幾十年的閱讀積淀，成為搬家時沉重的累贅，幸而得到你的寬容體諒，所有書籍雜誌和剪報，都獲得保持原貌重新上櫃。

我的飄泊時光，一晃就是十多個寒暑。孩子升學、出國、就業、結婚，我都在十多個小時的飛機航程裡，一切的重擔又是落在你的肩膀。你為我解困、分憂，讓我清心盡力守職。我只以輕輕鬆鬆的、開開心心的情懷，加入你為兒女籌備的婚禮。

每當我和同事談起這些家庭瑣事，他們都向我豎起拇指，齊聲讚道：「這個女人了不起！」擁有你，是我的驕傲。

作家手跡

兒童文學家許友彬在一篇文章中，調侃馬漢老師的字體像「鬼畫符」，真是絕妙的形容。其實憑心說，馬漢因為構思敏捷，下筆如有神助，字體難免出現龍飛鳳舞狀態；但是細心慢讀，依然可以完全讀通，他的手跡依然很規範的。

在與我書信交往的作家中，字跡最難辨認的以評論家陳雪風（郁人）掛帥。他老兄的信寫來簡節，但常常經過半句鐘研讀，集中所有的想像細胞，一遍兩遍三遍，最後還是有三分之

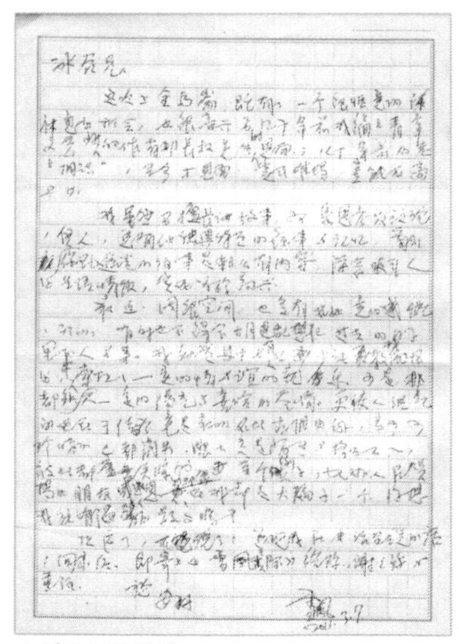

▲陳雪風手跡

▲馬漢手跡

陳雪風、馬漢兩人，誰的手跡更像鬼畫符？（圖／冰谷）

一的字，無法「猜」出來。當然，「研究」出三分之二的字，內容大概也掌握到了。阿彌陀佛！

起初，我還以為是自己的讀字水平低，有次和文友談起，原來他也一樣，對陳雪風的信，字句都要「跳讀」，不然就會被卡住，無法繼續。所以說馬漢老師的信「鬼畫符」，和陳雪風較量，還差得遠呢！

談論了「鬼畫符」的作家，也順便說說字字珠圓玉潤的作家。在我的眼中，非梁志慶老師莫屬了。梁老師的字，勾撇橫直，一字一畫，清清楚楚；字體不單秀毓圓融，而且一字一字都填在方格子裡，循規蹈矩，絕不逾格。

最近和另一位兒童詩家以文字交流，他就是以《愛妝扮的天空》榮獲去年福建會館童詩獎的鄧長權兄。他雖然謙卑說接受教育不高，但他的字體有形有板，筆畫蒼勁有力，同時落筆認真，字形端正，看得出他運筆緩慢，字字歷盡心思，絕不含糊。

作家們的手跡，無論是「鬼畫符」或鐵筆銀勾，都是文壇上值得保存的文史資料，價值隨著作家的著作定位而提升。電腦技術日新月異，自從電郵盛行以來，大多數作家都以電郵傳稿、傳圖、傳訊，作家用筆用紙的機率愈來愈稀，作家的手跡最終將會滅跡，這是必然的趨勢。

專事兒童詩的作家草風兄很有遠見，從六〇年代他老兄即開始保存作家的書信，每一位作家的來信讀完之後，依日期年代順序儲藏，現在已侵佔了他半個書房空間。前年他讀了我悼念丘梅的文稿，他即復印了六二年間丘梅任《海天月刊》發行主任寫給他的信讓我過目，證明瞭草風兄的作家手跡真的琳瑯滿目、舊新齊集，可與文史家李錦宗老兄比美。

希望有一天草風通過文字，寫一本「作家手跡搜奇」的專書，讓「鬼畫符」與「鐵筆銀勾」一起亮相，必能驚動文壇。

城市夢的幻滅

童年夢想著居住城市真美好，因為每天要揹書包拿大油傘走六公里到城裡去上學。畢業後還做著居城的美夢，要找一份舒適的寫字樓差使，沒想卻被派往邊陲的橡膠密林裡駐守，跟鬧城的距離愈拉愈遠。

憋在荒殘的僻域二十五年，從孤單到成家，身心與心智應該進入成熟了吧！那份嚮往車水馬龍、光影繽紛的綺夢依然熾烈。終於走出那片茫然的綠色，趁卡拉OK仍在大街小巷叫嘯的時刻，張掛起旗幟。

涉足鬧市，在夜晚燈紅酒綠的環境裡旋轉，在五色眩迷的氣氛中聽歌，彷彿真正走入了觀感並融的成人世界，遊目神怡。可是我的美夢很快就被干擾，第三天一群歹徒衝進來二話不說，舉起刀斧就向音樂影幕等器材砍伐，一切毀壞不堪之後，一陣風似的消逝了。

除了重新佈置，設備也重新買過；另外派人去「游說」，付了「保安費」，才取得開店「准證」，同時逐月要交費。但是，不到十天，另一黨人馬又出現了，提出相同的要求。不到一個月，遭遇連續的干擾，夜夜在惶恐中度過，那些入耳的歌聲突然變為痛擊心靈的夢魘。

除了黑道，還要應付白道。共要六張執照，每月到市議會更新，總會遇到一些刁難，需要額外付款，尋求「恩准」。這時刻我才省悟，理想世界，鄉區和城鎮竟有如此巨大的落差。

不到一年，我的城市夢幻滅了，回去山野叢林，離城更遠，路更崎嶇。然而，卻是我的成人世界。

接近陽光就有溫暖

親愛的小女孩：

那日我隨家人去孤兒院，只是略表心意。

恰逢學校假期，全體兒童都在院裡，真是幸會。院長說平日上學較冷清，適齡兒童都送去學校接受教育。真是一個令人欣羡的孤兒院，特別是院長透露在完全沒有政府資助，而依賴社會公益人士的機構。

我們到達時，一群高齡兒童正在忙著洗抹桌椅，大家都興致勃勃、分工合作。見到我們，除了送上微笑，還懂得開口道「早安」。

我環顧四周，驚見屋檐下的你，孤獨地坐在凳子上，雙手托著小臉，不笑不語，如同一尊女孩塑像。發覺你與眾有別，便上前想與你溝通，你沒有表情，也沒有回應。我正疑惑時，院長從旁說，「她叫麗娜，剛來兩週。」接著告訴我你的不幸遭遇。

你出生就沒有爸爸，與單親媽媽相依生活了四年艱苦的日子。不幸媽媽卻遇車禍去世了，你被安排進來孤兒院，過另一種生活。你的遭遇的確引人憐憫，但人世間有很多更不幸的孩子。非洲很多兒童雖然有家庭有父母，但貧窮到缺奶缺糧缺衣著。他們才是真正不幸的兒童。

你處身的環境強過非洲千萬倍。至少你在一個有社會關懷與人文關懷的境界下生活。院長和職員都是有愛心的人，社會各階層也經常給予援手，還不時前來慰問。這些都是溫暖的陽光。

這裡的環境清靜幽雅，綠樹成蔭；將來還可以進學校接受教育熏陶，前途充滿希望。有那麼多朋友共同生活與學習，有院長和輔導職員陪你成長，那是多麼值得慶幸呵！

可愛的小朋友，切莫鬱悶、孤立，接觸同伴，走向生活，親近自然。記得，接近陽光就享受到溫暖！

獻上我的祝福。

感覺人間真美好

己丑牛年轉瞬來到，我將成為稀有之物。稀有這裡不是指名貴，而是高齡。因為有句老話「人生七十古來稀」，到七十歲尚能呼吸吃飯睡覺走路的人有限，更多的人此時已經掉隊，被迫移民了。

幾年前的某日，隨妻子到寺廟拜祭岳丈亡魂，在密集的神主牌四周游目環顧，發現二十、三十、四十歲爭位的名字數量驚人，證明古人的話絕非虛言。回來之後，我沉思再三，覺得上蒼實在厚待我，邁向古稀之齡，依然白天享受風和日麗，夜晚觀星賞月，人間美景，沒有因我年老棄我而去。誠然，隨著歲月流光，或髮鬢飄白，或體力遜褪，或齒牙搖脫，或思維遲鈍，接踵而來。起初，頗為惶恐，甚為憂悶，繼而思之，這是生命過程的必然，也是人生枯榮的自然規律，潮有漲退，月有盈虧，凡有生命的萬物皆無不朽。遂坦然處之。

驀然回首，我走過的人生旅程，悲喜參半。曾經因失業彷徨無奈，四處流浪闖蕩，但更多是耕耘過後，沐浴在充滿喜悅的豐盛時光。胸無大志，所謂豐盛，不過職業安定，三餐溫飽，不必風餐飲露，妻賢子孝，如此而已。堅持與信心，是在失意的日子裡磨練我的翅膀，讓我飛得更高看得更遠。

當從職場退役，進入飴兒弄孫、靜享晚年之際，不幸因中風而癱瘓，逐漸康復時復因滑倒而斷腿，兩次身心飽受劫難，靠輪椅支撐行動，以藥物延命度日，鬱悶膺胸，以為生命氣數已定，或要在輪椅中喘息餘生。幸得家人呵護，遠近親友送暖，連串鼓勵和關切，如春風一般吹進我的襟懷，重燃我生命的火花。

也是那股能量，把我從輪椅中扶起，並持著手杖一蹬一蹬移動腳步；雖然緩慢，雖然吃力，但已經能夠親近陽光，感覺親切和溫暖。漸漸地我跨出斗室，緩步徜徉在棕櫚樹下，尚可到公園裡看兒孫嬉戲奔跳。

雖然體力尚未完全回復，但我已當自己是個正常的人，重新歸隊，融入生活。居所面對，綠樹成蔭，每天我從雞啼聲中醒來，都聽到斑鳩喜雀的鳴叫，感覺人間美好，景物充滿生氣。身體缺陷不是問題，年齡也不是。重要是心境。

新年往事

童年時過年，最渴望手中有張小小的戲票。看一場電影，是那時新年裡最快意的事。五〇年代一張戲票才四毫子，但家貧，平時沒有多餘零用錢可花，新年紅包錢至少有幾塊錢，足夠買好幾張戲票啦！

現在的娛樂五花八門，種類繁多。以前聚賭和看戲，似乎成為新年的兩大去處；母親甚嚴，縱使新年也不容小孩賭博，我只好紅包到手後，招朋呼友同看電影。從除夕到初九，都上演連場好戲。所以無論團圓飯或開年餐，吃飽後就放鬆心情往戲院鑽，是我孩提時過年最大的快樂。

五、六〇年代，電影業可謂一枝獨秀，尤其新年佳節，加場放映許多戲迷也望門興嘆。那時小城有兩間戲院，為邵氏、國泰屬下機構，平日買票看戲可稱心快意，不必爭票，因為有「預售票」；新年佳節情況就大有不同，售票時間未到，售票處的小窗未開，周遭早已人頭洶湧，你推我擠，那情景只有水洩不通才可形容。舊時沒有按序排隊的文化，忍讓你只有靠邊站，看別人持票魚貫入場。

看戲是我新年唯一的去處，買戲票卻令年少的我傷透腦筋。我長得又瘦又矮，臂力氣魄均輸人一截，眼看有些身高體壯、魁梧剽勇的大漢，不顧新年佳節衆目睽睽下脫去上衣，把沙煲一般的拳頭（裡面握著票款）擂進售票的小窗，停留好一陣子（至少有五只手擂進去），然後又用力抽出拳頭（裡面握緊戲票），排開人群擠出來，對著掌中被捏得既皺且殘的戲票，臉上露出滿懷的微笑。

經常擠票的人潮未退，售票處就高掛「滿座」的告示牌了。為滿足戲癮，我在無計可施之下，唯有忍痛買黃牛票，說忍痛一點不誇張，四毫子一張的戲票，黃牛票要六毫，沒法子只好乖乖照付。開心順意趁新年看幾場電影，多花幾毫子也認為物有所值。

戲院陳舊兼簡陋，沒有冷氣，只有疏離的吊風扇吹撥，轉動時還唉聲嘆氣；最欠妥善的是座位沒有排號，讓搶先入門的佔盡優勢，選到好位置，遲了可能坐在柱子後面，歪頭側身看到終場。更令人生氣的，有些先入場的戲迷為朋友「霸位」，用繩子攔住整排「風水位」。所以，入門成為買票後的另一場爭奪。總之，新年想看戲，從買票到入門，得流淌不少汗滴，才能擠入戲院靜坐欣賞一齣電影。

舊日的電影全屬黑白片，故事簡單，打鬥呆板，但《七劍十三俠》、《荒江女俠》、《黃飛鴻》，一集接一集拍下去，於是主演的曹達華、于素秋、關德興、羅艷卿……個個成為我兒時的英雄人物。

爭戲票雖然傷神，但看電影依然是我兒時過年的重要主題。

異鄉人

半生從農，所過的都是顛簸迭宕的日子。種過橡膠、可可，還有油棕。我經常覺得，自己就像一個牧童，在遼闊的絨綠原野間守望一群嚙草的牛羊，牛羊走到哪裡，我的腳步就踏踩在哪片土地。我的唇邊，永遠吹著那支流浪的笛子。

跨出校門，投入種植是我唯一的出路。那張華校高中的證書，在國家剛獨立的年代，除了深造，好像沒有其他更大的意義。拿去應徵種植業，憑童年、少年一路走來都在橡膠綠林裡幫助父母，懂得一些割膠種樹的竅門，所以一扣門路即通了。

沒想到，那竟是流浪的開始。

第一次離鄉，告別親人，進入那片深邃廣袤的園坵，家在兩百里外，日間浸淫在工作上，夜裡便成為思念家鄉親人的時刻。那時孤單一人，獨居一幢小樓，窗外蟲聲唧唧，家鄉隨變成心頭一縷長長的牽掛，在午夜的夢魂裡縈繞。

往往就在輾轉反側間，家的影子就越窗而入。當下，如果手中捏著一張車票，不管夜色有多昏沉，橡林的小徑有多長，我都會步行到車站，趕上深夜南下的列車，奔向故鄉，重投溫馨的家園，向親人細說別後深深的緬懷。

這樣流落異鄉，一住竟二十五年，從荒蕪蒼涼的老樹守到翻種新苗，新苗又成長為豐產多膠的經濟橡樹。這時青春不再，身邊增添了幾張口，每當新年佳節，思鄉懷親的意念愈積愈濃，回家的車票變成了季節性的馱伕，但卻不敢忘記歸來的路。

老家，是一間剝落的亞答屋，白天到山腳下汲水，晚間靠煤油燈照明，在車站下車後要走兩公里丘陵斜坡，我們的那幢老家就橫臥在坡頂。站在老屋前眺望，綠樹盡在腳下，遠處青山含黛，氣象萬千；我因此常常自嘲：「屋小乾坤大，人窮志氣高。」

那時高速大道未鑿，帶著妻兒擠兩百里車塵，轉車換站，到終點下車時，總是華燈初上的薄暮時分，趕到老家門前，母親早已捻亮了充氣的煤油燈，懸掛在廳堂，照亮簷前那小段泥級。

「婆婆，我們回來了！」最小的孩子爭先出位。母親總是站在泥級上，滿臉慈祥地緊牽孫兒的小手，一起進入老屋。

異鄉人的夢想，終於兌現。那陣子，溫馨縷縷填滿我的胸臆。

懷念家園的力量，不在於瓊樓玉宇，只要散發和傳播親情與溫暖，縱然是草舍茅寮，也一樣是異鄉客鞋子的歸向。

追不回的傷痛

高中畢業那年，我在畢業刊上的感言，不是驪歌高唱的離愁別緒，而是描述母親多年來讓我接受教育的感恩。結果，我這則與衆不同的短文，級任老師讀後，在課堂上給予褒揚。

我這樣寫：「出生在貧寒家庭，能夠完成中學教育，是件令人興奮的事。母親靠一把膠刀，一盞煤油燈，不但把我哺養成長，還送我進入學校攻讀，讓我有機會完成十二年的基本教育。這件事，我畢生難忘，也永遠感恩！」

我的父母親年齡懸殊，是不折不扣的白髮紅顏。我是晚生兒，稍微懂事，父親已垂垂老矣，母代父職，母親撐起了整個家。從小學開始，我的讀書開支，就是依靠母親手上那把膠刀賺取的。大馬獨立前，還沒有免費教育，除了學費，書本、習字簿、文具……，樣樣都要買，都要錢。尤其到了高中，高等數學、幾何、物理，厚厚的硬皮書全是英國進口（那時本地沒有印刷）的，價錢不菲。每年開學買書錢，是母親的心頭大石，因為母親割樹膠的收入，扣除園主抽取，所剩只有區區五十元，還要養活全家。

但是，母親並未因此叫我停學，而是另找辦法。母親看見朋友的耕地荒廢，割膠回來放下膠刀，拿起鋤頭，翻土鋤地，種蔬菜瓜果；有個時期，還種植水稻和煙草，增加額外的收入。我深切知道，要目不識丁的母親負擔整個家庭生活，已經十分吃力，加上我的讀書支出，更令她百上加斤。

但是，母親無怨無悔，一直挨到我高中畢業，出來打工，母親肩上的擔子才略為減輕。這時，母親放棄了粗重的耕種工作，卻仍然不願放下手中的膠刀，直到我成家，母親才肯賦閒在家。

母親刻苦節儉，一生都在揮汗辛勞中過日子，正當晚年清閒之際，忽然因患腸癌逝世，真是晴天霹靂。因庸醫誤診，把母親腸癌當痔瘡，到專科診斷時，為時已晚。母親終身風餐飲露為我付出心血體力，晚年的日子我卻沒有好好照顧母親，為她尋找良醫克服病魔，讓母親多過幾年安逸閒適的時光，這使我感到，「子欲養而親不在」的遺憾，同時也是永遠追不回的傷痛。

「母親，您對我的養育之恩是我人生的暖流，永刻心中！」當年來不及說出的一句話，今年的母親節向您填補。

異鄉過年

盼望新年，不只是孩童殷切的心事，一個長期從事園坵耕作的我，也同樣對新年有種逼切的冀望。緣因是我任職的幾個大園坵，地在偏遠，離鄉背井，離開親人，佳節新年無疑變成一個團聚的日子。思鄉情懷，人之常情呵！

從童年到成長，我對新年的期待與盼望，始終不曾改變。但，生活在異鄉，人在江湖，有時身不由己，有時候被迫在異鄉度過新年。千百人的大園坵，行政千頭萬緒，不可一日無主，園主規定回鄉新年實行輪替，所以每個經理都有過新年留落異鄉的無奈。

為了溫飽，東渡風下之鄉，幾乎所有的職員都很容忍「一年一度一歸來」的契約。於是，假期選擇，大家都不約而同鎖定農曆新年這個共慶的佳節，舉國同歡，親朋戚友團聚，異鄉長長的鄉愁，日思夜想的就是這樣一次溫馨的日子啊！

難忘自己「中選」的那一年，除夕夜妻子在電話裡：「新年家裡缺少了你，孩子們都覺得好像嗅不到年味！」聽了不禁戚然，但安慰道：「來年呵！來年我就在家了。」其實接近新年，我的心緒早已落寞，眼看同事個個打點行裝，臉帶微笑，心情愉悅地放下繁雜的耕務，一飛沖天，不只鄉愁獲得釋放，在春風送爽中投入家的懷抱，何等溫馨啊！相反，自己卻獨守山林，面對累積的大小公務，一陣難以描述的悲涼湧上心頭。

我的離鄉旅程，漸行漸遠，風鄉之後，竟又孤身只影上路，落腳在南太平洋的群島上，過那開荒墾殖的日子。曾經，也在孤島上度過一個毫無新年氣氛的年假。群島是信奉基督教與天主教的國家，聖誕是年度最大的歡慶佳節，農曆新年沒有列為假期。

有一個新年，我留在孤島上，沒有吃到年糕，沒有聽聞炮竹，與「同是天涯淪落人」的異國職工同桌共餐。如果那餐也算團圓飯，那真是異國除夕的大團圓。雖身處異鄉孤島，離家千萬里，但那餐團圓飯也吃得十分開胃。

在人生旅途上，難免常遇到不順意的事，異鄉過年不過小事而已。

清明，遙遠的路

我生平沒機會見到祖父祖母，他們都在廣西原鄉，也在原鄉辭世。我年少時的清明節，每年雙親都在桌上擺好祭品，當空向著北方拜祭，父親沉默無言，母親口中念念有詞：今日清明，老祖嫩祖，請齊來接受餐宴和物品。接著叫姐姐妹妹和我，一齊三拜三鞠躬。過了一陣，燃燒金銀紙，三酹酒茶，清明祭祖儀式即結束。

當空祭祖，確實簡單。我的左鄰右舍，一家大小荷鋤攜鏟，腳踏車籃框載滿金銀與祭品，像壯觀的一支隊伍，一起上幾里外的義山掃墓，少年的我看得好不羨慕。我們的祭祖儀式，沒有機緣接觸祖父母的容顏，心扉上連祖墳的模板也沒有，覺得清明節對我們頗為平淡。我那時卻沒有往深一層想，清明不必上墳踏青，意即眼前雙親康在，一家祥和團圓，日子何等幸福啊！

畢業後投入社會，離鄉，農曆新年是回鄉的鐵定日子，不久成家，對清明的印象愈來愈模糊。沒想十年後，家父辭世，清明節從此又回歸原點，成為比新年更具意義的日子。

清明不只是上墳掃墓，更重要是感恩的承傳。那時高速公路未建，而家中又多了兩個孩子，隔著州府，百餘里路程，擠巴士還需轉換幾個站，夫妻一人牽一個孩子，肩上加一個背包，就這樣趕到城鄉，才去找德士上義山，途中停車買銀寶祭品。上到山來，只見墳塋萋萋，雜草叢生，幸虧那時很多荷鋤攜刀的印度雜工等著鏟草。待墳墓清除干淨，我們才開始燃燭點香，把燒肉、燒雞、發糕等祭品逐樣擺上。那時開始，我才知道清明上墳不是件簡單的事。

後來，我離開半島，而且愈來愈遠，最後飄落在南太平洋的群島上，山長水遠，清明除了鄉愁，還多了一層愧對雙親的遺憾。那段去國懷親的日子，每年清明前妻子捎來的電話，就讓我的心情變得沉重，而思念遂化為縷縷云煙，飛到故鄉的義山。

退休之後，回到國土，生活改善，有了高速公路，自己有了車子，從此把上墳祭祖簡單化了。沒想不到幾年，忽然晴天霹靂，自己不幸中風癱瘓，接著摔斷腳骨，三年來行動不便，於是清明節又與我隔離，踏青掃墓再次成為一條遙遠的路！

輯三：走出中風的魔咒

輪椅的行程

過去身體健壯的日子，曾經好多次，我推輪椅接送親戚求醫。

那時根本沒有想到，有一天自己竟然坐在輪椅上，由家人侍候。

從中風那天開始，進進出出，去醫院復診或做物理治療，上車前和下車之後，輪椅是我的行程唯一的依靠。沒有它，我就無法繼續我的行程，達到目的地。

構造簡單的輪椅，不是什麼偉大的發明，但對於雙腳乏力、行走不便的病人，或者是殘障人士，輪椅就發揮了它的功能，提供了移動上的方便。所以，輪椅無疑是病人和殘障人士生活上的亮點。

或許這是常人的通病吧，很多時候，有些事物看不起眼，甚至可以說帶點蔑視意味，像現代人喜歡說的時髦話：「當它透明。」

從前我在醫院裡見到輪椅並排，十多架親密地擁集在一起，我也把它們看成透明物，一種彷彿不存在的東西。因為健康強壯的我，奔跑跳躍稱心如意，根本與輪椅沾不上邊，不須依仗它們。

我常因此感到自豪，更擁抱滿滿的自信。在時光苒苒中，身體機能雖然老化了些，唯兩根腳腿兒還挺爭氣，去巡視油棕、橡樹或可可，跨河登山，越蠻荒渡沼澤，從未退縮；而比我年輕的副手不止落後，還不斷撫腹挺腰，吁吁喘氣，我已飄然立足山嶺了。

這件事，遂將我的形象變成了山寨裡的「鐵漢」。我想這和我每天放工後喜歡跑步有關。鐵錚錚的一副硬骨頭，有靠輪椅解困的一天嗎？

傳出我坐輪椅的消息，不僅親戚、朋友驚訝，連自己都覺得十分意外，難以置信。也因此，當我坐在輪椅上，由醫護或家人徐徐推動時，我的落寞就像滾滾的波浪，無法熨平。

出院的時候，坐在曾經被我忽略存在的輪椅上，心情雖然有點悵惘，但卻感到實在。這是事實呵，不得不坦然接受！

的確，天地間萬物，皆有其存在的意義和理由，一粒灰塵一粒細沙，千萬別忽視它們，高樓大廈、橋樑廊柱，沙粒是不可或缺的組成部分。

千里之行始於足下，輪椅是我目的地的起點，亦是我的終點的腳步句號。至少當下，有它作伴，我才能安然抵達目標，完成我的行程。也同時了結一樁心願。

輪椅在我心中，第一次感到它的重量。

每個人都想過正常生活，來去自如，不靠任何扶持，我亦然。我盼望在我的生命旅程中，我只是輪椅的一名過客，匆匆的過客。

我盼望盡早向它揮手告別，以兩隻腳踏步，繼續我未來的行程。

走出中風的魔咒

平地一聲雷，我的左腦與右邊肢體聯繫系統發生故障，無法互通訊息。

四十九週年國慶日清晨，當滿街巷飄揚歡樂的時刻，我卻陷入了人生的低谷。

發覺時，右腳和右手全然失去了活動能力。由輪椅推進大年的專科醫院救援，經腦部掃描的結果，是血管阻塞。

「我中風了！」是我腦海最先接收的信號。

血管阻塞，半身癱瘓，但我頭腦依然清醒，思路亦澄明。

清醒，反而造成我對病況產生憂慮；甚至可以說——陷入無可名狀的不安、極度倥忡，有如被送上刑臺的感覺。

現在，擺在我前面的征途，是一條怎樣的人生彎路？

根據我對中風的初略理解，輕微患者都要好幾個月躺在床上，任由病魔蹂躪肉體；重者永遠癱瘓，從此人與床二合為一，再無法自由行動了。

給我直接的體會是，中風的手尾長，將帶給病人一場永遠的傷痛，正像被魔咒緊緊圍困著。

如何擺脫這個魔咒？

一個人即使再堅強，剎那間接到這樣的報告，難免感到惘然而若有所失，甚至彷徨、憂傷。

我是一個凡人，豈能剔除這些觸動？

「有機會復元嗎？」這疑團不斷在我心間回轉。一個病人，有什麼疑問比這個更關鍵性的。

醫生了解病人的焦慮，不等我提問，他就開腔了：

「你的情況，不算嚴重，不必過於擔心。常有人發覺半邊手腳不能動，就非常消極，痛不欲生。千萬別這樣想！」

他的話，雖然帶點鼓勵意味，但模棱兩可，更平添了我的疑慮。凡事往好處想，我能往好處想嗎？我想要的是一個直接的解碼。

「有一半的康復希望——即使康復，只能恢復八、九成而已！」醫生吐了真話。

對病人而言，不管機率多寡，希望就是一把熠火，可以重燃生命的光亮。有一半機會讓我重組體能，鍛鍊意志、強化信念，我豈能輕易放棄呢？

人是由兩個「半體」併成的。雖然我的「左半體」與腦中樞暫時脫軌，出了狀況，引起癱瘓，像機器操作久了，偶然發生一次故障，那算是很自然的事啊！

已經是鬢髮如霜了，軀體某部分失調，或者失控，總免不了啊！

那個在左體的弟兄們走累了，在中途的某處歇一歇，在樹蔭底下納氣吹風，抖擻精神，之後繼續上路！

與其寂寂寡歡、沉悶不樂，不如瀟灑接受擺在目前的事實，坦然面對挑戰。

過去左腳和右腳合作無間，互相協調，從不怠惰，像兩根鐵錚錚的柱子，幾十年來不避風雨、不辭苦勞，隨時待命，伴我行走江湖；只須輕呼一聲「走呀，即撐起五十公斤的血肉和兩百餘支鋼骨，讓我可以在城鄉的邊緣地帶—那片深邃的熱帶雨林裡探步；利用體能和汗滴，掀開蠻荒蔭森森的面紗。

那種跨江渡河、登山越嶺的流浪歲月，雖然遠去了，但我又豈能忘記這兩條隨心所欲、任聽使喚、自由移動的鐵錚錚的活樑柱！兩根伴我走過無邊悲涼、幾許坎坷的由骨肉組成的柱子！

依仗它們的協調，替我拆解諸多艱難，掙得一席與萬物共生的立足點，悠然地細數葉縫間滴落的陽光。

那只右手呢，更是我不可或缺的揮棒。平日生活起居、待人接物，所有舉措，全通過力拔山兮的腕臂。更不可忽視的是文字書寫，尤其是印證身分的簽名，只有通過右手指尖的揮毫，才能過關。那真是不可或缺的重要組合啊！

如今，我走到半途，右體的弟兄們一聲不響就退出征途，無疑是晴天霹靂，突然間使我的生命轉逆。

但我仍然不服輸，前路有更迷人的風景，等待我。

暫時歇息，清醒思路，以毅力和堅持，呼喚右邊的弟兄們歸隊，繼續路程。沿著指定的路標，我要掙脫魔咒。

把另一半肢體重新整合，步出醫院，我還要昂首闊步，擁攬陽光，還有風雨，還有人間無盡的溫暖！

兩個另一半

平靜的日子，有些人和事常常被輕易忽略。就像我，到了身體突然出現了狀況，才把身邊的另一半重新定位。

產生這種感悟起於坐上輪椅那一瞬。感悟很自然地冒出，飄落，在心靈上蕩漾，掀開，像天空輕輕柔柔滑落的毛毛雨，著地無聲，卻在我腦波裡留痕。

那一瞬，像電光火石，但一閃就迸出了一種境界，瞬息化為永恆，成為生命歷程的印記，帶有微微的歉意，卻難以泯滅。

中風後，幾天躺在醫院的臥榻，燈管與空調二十四小時不熄；光華燦爛，晝夜不變，朝夕難分。治療的藥物準時定量，食物送到嘴邊，一切有專人呵護，生活規律化到撩不出一點偏差，時間被梳理得彷彿減輕了重量。

到了出院，割斷了所有的依賴，失去另一半的驚奇，驟然掩面撲來。腦部缺氧傳遞的密碼，是半邊肢體的聯絡網突然性中斷，都痲痺了，再無法和總站互通訊息。欠缺另一半的扶持，我整個人落到冬眠狀態，軀體彷彿走進了深深的幽谷。

這時刻搶先出現身邊的另一半，不舍不棄不眠不休跟隨在側。嘘寒問暖，遞茶端飯，讓我感受到親情的溫馨，還有關切——而她臉上流露著一縷焦慮與憂傷，似乎還有掩飾不掉的淚痕！

那是「較好的另一半」，素來尊重女性的洋人給終身伴侶的稱呼。反而是文化悠久的華夏一族盡把貶辭作為女伴的代號。我們不免為之汗顏。當我重複思考著「my better half」的等候，身邊的另一半變成我唯一的臂膀——我再也找不到更方便的臂膀可以依靠了。

那一瞬，當她把綿綿無力的我從輪椅中扶起，細柔謹慎的姿態，略帶憔悴的容顏，把我心中從未有過的激情，昂然挑起；有悸動，也有慰欣！

此外，也有一份內疚——我不曾好好照顧身體，造成今天一盤落索的棋局。

「有問題？」她到醫療所找醫生取配藥單，出來的時候我問。

「醫生囑我好好照顧你。」她說：「共同生活了幾十年了，你放心療病，即使醫生沒有吩咐，我都會的！」

我當然了解，往後有一段日子，她將代替我失去感應的另一半；同時，也替我找回所有的失落，讓我重振信心，再度出發！

在回家的路上我低聲說：「旅途中有你護航，我有信心會提前康復！」

病療思考

普通病症，看醫生服藥就好了，但較複雜的病如中風，除了藥物還要借助更多方式，才能奏效。這就產生了除醫療，包括中西醫，心理輔導、機械操練、傳統的草本、偏方、祕方、古方……，不一而足，似乎樣樣都曾發生效應，把病人帶離苦海。

發乎內體的病痛，我們不能免；外來的刺痛，可盡量避免就避免。生死由命，富貴在天，病後我已把整個身體交給藥物和物理治療去處理，不再作其他方面的思索，因為四方八面送來的關懷中，近似仙丹靈符的名目繁多——雖然我深信全都出於善意同真誠，但沉淀後仍須經過理性的剖析，等待判決。這是我中風後不積極找針灸的堅持，所以把家人的規勸當作忠言逆耳，遲遲不肯將就。

另一原因是，我打聽過中風的同道，對針灸的療效衆說紛紜、莫衷一是，很多試過都認為作用不彰。甚至有位懂得針灸的中醫師也親口這樣說，這就令我更加堅信不移，而把針灸的概念全然從心裡剔除、不作無謂投注了。

我繼續沉著做有醫學基礎的物理治療，經過三週努力後，腳腿肩臂略有起色，但行動依然不便，起居生活無法自立，看來距離復元目標還路長漫漫。一天兒媳從外家回來，手上抱著一冊厚厚的精裝本《中醫家庭顧問》。這是她父親的「遺產」，親家逝世剛滿頭七，兒媳就把遺產攫過來了。她叫我有空不妨參考參考，可能有意外的驚喜。

從視覺上，她帶回來一本藥書；但我感受到的卻是那份有體溫的關切——她在驟然間失去一個至親了，不想另一個至親活在憂患中。我明白她的用心。

六百餘頁的臨床研究心血，讓它平白閒置，在我的書桌上打盹，太委屈它了；於是我以左手翻開首頁，從目錄中赫然發現了〈中風篇〉，文內對針灸有這樣的論述：

「針灸治療中風偏癱病人有獨特的療效。一般取癱瘓側陽穴位為主……，針灸效果好。但也可以採用指壓法，每日二／三次。」

呵！不經意把書一翻，竟翻出了紅點，一條有跡可循的道路；而且想不到竟然一箭雙雕呢！不單找到了針灸對中風的療效反應，連同按摩（推拿）對中風的調理作用也揭曉了。

每一種疾病，民間傳統都出現眾多療效的議題，有時確令病人深感困惑，正負難辨，須作極大的思考投注。我正走到這個抉擇的關口，是認定方向的時候了。藥物治療、物理治療已經在我身上發酵，功效顯著；現在應該加上針灸治療、推拿治療，作為輔助，添增元素把康復的期限拉得更近。

這是我鎖定的療法，不再作改變，或任何調整，絕不！

尋找失落的記憶

把肢體的癱瘓形容為一種「失憶」，也挺貼切的，我覺得。

腦網絡經線傳達中斷，在某部分身體引起的反應失靈，一切的動作都在剎那間消失殆盡，奄奄一息，所有的日常操作程序，也從記憶裡刪除。

顯然的，從我中風那天起，右手和右腳就突然失憶，形式上依然和我形影相隨，牢固地連接著我的軀體，然已毫無感應，功能盡失。就像老樹上垂掛的枯枝條，與母樹緊緊親密、毫無裂痕，但徒佔空間，已沒有輸送養分和吸收陽光的力量，去處是回歸塵土，與蓑草落葉同朽。

手腳和枯枝最大的差點，就是我的手腳雖然癱瘓了，可記憶的檔案仍在，通訊系統一旦重新啓動，就能恢復生機，重燃希望。這個檔案就是記錄人體一切運作的腦部。可見，大腦是人體最重要部分組成，為號令三軍的總司令。

而此刻，大腦最重要的差使，就是修復故障的網絡站，把網線駁接好，輕輕的呼喚，從檔案中找回儲存的記憶，激發手腳脈絡的推動力，回歸本位，為主人另一段人生之旅護航。

說容易，啓動記憶的視窗卻不容易。一投手、一蹬足皆非初級課題，而是錯綜繁複的連續長跑。現身治療室，才恍然大悟，要找回失落的記憶原來是一條崎嶇的彎路，出奇地逍遙。網絡線中斷才幾天，僅僅幾天手腳就忘卻了過去的經驗累積，多可怕的一項斷層呵！

驀然回首，幾十年的生活歷練，十八般武藝都觸摸過，棍棒刀劍紅纓槍，蹬跳翻滾連環腿，全是丈量山林叢野的基本招式，無日不在循環引用，駕輕就熟，而今這些隨身絕藝，幾天就在記憶裡煙消跡滅、投入歷史的長河了。

我不禁墮入另一個沉思，設想有一天，人身的肢體也能像機器般，把損壞的部分拆換，裝上一件新的，就能恢復性能，毫無異樣地回到生活的疆場，像一匹出柵駿騎，繼續萬里奔騰，那是多麼逍遙寫意的一種人生逐鹿啊！

當然這是幻想，好像電影有過這樣的探討。雖然屬於科幻，但憑人類的高智慧表現，可能性是存在的。

回到現實，無論有多困難，總得按圖索驥，設法為另一半解開密碼。縱然，千呼萬喚，換回來的記憶或許也殘缺不全的，形成一些阻礙、少許印痕，說哀慟也可以，更恰當是永恆的遺憾。

能夠紮穩馬步，繼續往前探路，一些許哀慟和遺憾得坦然接受，不應視為恨事。因為，頭頂上仍是一片藍天！

天生絕配

很多時候，在潛意識裡我們忽略了一些身體功能的運用，是需要相互配合的。那是因為這些動作出於自然，所以往往被記憶的檔案剔除，留下認為重要的作領航。

過去，我也經常是這樣，不太去注意跟上來的手勢。我們習慣了「舉手之勞」，所以眼光聚點全在「撈取之物」，即使是一張毫無價值的白紙也好。作為領導「取物」主角的手，只不過變成一種工具而已。

中風之後，行動舉措嚴重受阻，出門只限做物理治療和到醫院復診，更多的時間總是足不出戶，困在室內閱讀報刊或單手獨臂敲敲電腦鍵盤。一切農耕莊稼、俗事應酬全拋諸腦後，留下很大的空間讓思維天馬行空，如雲絮般自在遨遊。

從中，竟也獲得一點啓示，一改以往的錯覺。

最平凡的莫如靠視覺的閱讀，我們都把集中點放在一對眼睛，以為明目張眼就解決問題了。這是錯誤的思維！我中風期間在醫院療養，妻子知道我可忍一日無餐、不能一天無報，好意把當天的報紙帶來，我連坐都虛弱無力，兩手根本無法攤開報紙，只有眼睜睜對著封面的大標題發呆，進入內頁閱覽就能力不足了。

捻轉心思，這時候忽然想起需要一雙扶助的手，才能愉快達到閱讀的要求。一個身體正常的人，書報雜誌可以一面翻開一面閱覽，順隨心意，自然到毫無覺察雙手下意識的搭配功能。我們何嘗在眼睛享受閱讀的同時，聯想過兩隻手為我們悄悄地努力呢？

一雙手穆然為眼睛提供服務、知訊——或者說為腦部儲存檔案，視覺沉醉於文字組織上，絲絲入扣的情節、纏綿悱惻的故事，把身體所有的凝聚力放進眼睛和胸臆裡，默默耕耘的雙手，守護在旁隨時接待指令，功能卻沒有被認同，是極為不公平的事啊！

其實，中風後身體引起的半邊不遂，單靠一隻手操作，對閱讀仍然極為不便的。我回到家裡第一天，剛好接到陳志鴻兄寄來的小說集《腿》，只勉強讀完書中的簡短序文，因為一隻手翻書頁不只慢，難度也大，所以迄今猶未進入內容的堂奧。由此可見，雙手和眼睛之間確實要通過默契、合作無間，單從簡單的閱讀行動即可管窺端倪了。

過往形成的偏差觀念，是因為閱讀向來生根蒂固存在我們心裡，是一項視覺功能，有眼睛率領和主導；幾乎看來與雙手攀不上關係。等到兩手（或一手）不能給予協助時，才恍然開竅，原來除卻閱讀包括很多事情，只靠一雙明目就像隔靴抓癢，是無法產生效果或達到目的！

這，也算是我養病中的一點感悟。其實，雙手和雙眼，乃天生的絕配呢！

左手書寫

中風造成的偏癱，引起諸多不便，只有患者才能體悟個中滋味。作家江上舟中風後，為了堅持寫作，不舍不棄全心投入勤練左手，苦心經營的結果，使創作生命如細水長流，堅強不屈的精神，令人敬佩！

癱瘓文友中我算比較幸運，因為我懂得操作電腦，偏癱後仗依左手敲擊鍵盤，一鍵一鍵也可以打出文句，雖然五指難比十指，效率遠遠不如從前，卻也順暢地把思構拼成文稿，傳給報紙副刊和文藝期刊發表。

還記得中風時我的散文集《走進風下之鄉》正在排印中，所以我從醫院出來第一件急著要辦的事，便是趕寫這本書的〈後記〉。中風行動雖不便，頭腦卻很清醒，病後不到七天，我就把完稿的〈後記〉電傳給有人出版社，沒有延宕散文集的出版時間。

中風後更感到應用電腦的方便與迫切。不必經過指尖運筆，不必花費郵票傳遞，文稿可以迅速傳達，可真是省時省事。

然而，也並不是所有書寫問題可以交給電腦，三個月過後出版社要我處理樣版的「勘誤」工作，接到書樣和短箋：將錯處修正，二週內寄回。

這一著，成為我中風後寫作上另一個操練指尖的考驗。

普通一本書少說也須校對二、三遍，才稍放心，減少謬誤。我的散文集厚達兩百餘頁，由一個正常人去詳讀潤色，兩週期限可以足夠；但我偏癱依始，離康復之路還遠，左手的握筆能力有待考驗，能及時交差嗎？

出版社當家說已二校了，可能依然存有錯字，叫我做最後的審閱。一本書在出版過程中，很難做到完美無疵，我當然希望親自校對幾遍，讓書印出來面對讀者時不致臉紅。我曾經因為身在異域（那時資訊沒有現在進步），沒有親自校對，結果書印出來錯誤百出，慘不忍睹，得印制一面長長的「勘誤表」，才有勇氣讓文友「賜教」。

只有贈送同道的書本才能「補救」，數量極有限；至於出版社推出書市那些未經「訂正」的書本，只好讓讀者去「猜謎語」了。最尷尬的是那本詩集，後來有幾首詩被選入大馬現代朗誦詩，嚴重的錯誤仍然出現在詩選中。

吸取了忽略校對的教訓，我發誓從此出版新書務必親自校對。所以，當接到出版社的校對稿，雖在病患中，我沒有託詞，翻開書頁，逐行逐字，把那些黑蟻般排列的錯字剔除掉。

將錯字打圈，把糾正的字或詞寫在頁眉，對中風後猶未康復、失去書寫能力的我，是一項考驗。首先，我得向江上舟看齊，學用左手握筆，沉著地、謹慎地，一筆一劃地練習。鐵筆銀鉤辦不到，但至少須讓別人看得懂，有個字形。

兩天之後，有啓蒙生的成績了，才鼓起勇氣拆開掛號的大信封，開始校對的工作，除了內容文字、序文、後記、目錄、圖解，都詳細審閱，總怕有遺漏。

雖然字體歪歪斜斜，雖然筆劃繁複的字如斗般大，但欣慰「不負使命」，如期交稿。

11/5 李煜〈浪淘沙〉
帘外雨潺潺，春意阑珊。罗衾不耐五更寒，梦里不知身是客，一晌贪欢。独自莫凭栏，无限江山，别时容易见时难，流水落花春去也，天上人间！
李煜〈虞美人〉
春花秋月何时了？往事知多少？小楼昨夜又东风，故国不堪回首月明中。雕栏玉砌应犹在，只是朱颜改，问君能有几多愁？恰似一江春水向东流。
12/5 帘外雨潺潺，春意阑珊，罗衾不耐五更寒，梦里不知身是客，一晌贪欢，独自莫凭栏，无限江山，别时容易见时难。流水落花春去也，天上人间！春花秋月何时了？往事知多少？小楼昨夜又东风，故国不堪回首月明中。雕栏玉砌应犹在，只是朱颜改，问君能有几多愁？恰似一江春水向东流。
13/5 欧阳修〈采桑子〉
群芳过后西湖好，狼籍残红，飞絮濛濛，垂柳栏干尽日风。笙歌散尽游人去，始觉春空，垂下帘栊，双燕归来细雨中。
欧阳修〈南歌子〉
凤髻金泥带，龙纹玉掌梳，走来窗下笑相扶，爱道画眉深浅入时无。弄笔偎人久，描花试手初，等闲妨了绣工夫，笑问鸳鸯两字怎生书？

15/5 辛弃疾〈西江月〉夜行黄沙道中
明月别枝惊鹊，清风半夜鸣蝉，稻花香里说丰年，
七八个星天外，两三点雨山前，旧时茅店社林边，路转
辛弃疾〈西江月〉一遣兴
醉里且贪欢笑，要愁那得工夫？近来始觉古人书，信着
昨夜松边醉倒，问松我醉何如？只疑松动要来扶，以手
16/5 唐人所歌多数是整齐的五言、六言或七言诗，而宋
必整齐，尽可以有"泛声"、"和声"或"散声"。
后来人要保存那些"泛声"，所以连原来有字的音
一概填入文字，遂成了长短句的词了。
长短句之兴，自然是同音乐有密切的关系的。唐人的
整齐的诗句，然而乐调却是不必整齐的，可以自
的说说就是：乐调无论怎样自由变化，歌词还是
拼绝。作歌的人尽可以不管调子的新花样，尽可以
的老格律。
17/5 苏轼〈江城子：湖上〉
凤凰山下雨初晴，水风清，晚霞明。一朵芙蕖，开
处飞来双白鹭？如有意，慕娉婷。忽闻江上
情，遣谁听？烟敛云收依约是湘灵，欲待曲
人不见，数峰青。

冰谷以中風的右手練字，這是他寫出的字體。（圖／冰谷）

五指之內

握拳與舉手，本不是什麼難事。所謂舉手之勞，指事情輕而易舉，不必費神勞心，就像順手牽羊那麼簡單。握拳和舒張更加簡單，只是五指之內的運作，不費吹灰之力。

不過，這只是對身體健康、四肢正常的人而言；對於中風癱瘓者，恰好相反，握拳和舉手有同樣的難度，是物理治療師最關注的部位；病人往往腳腿復元多時了，五指依然不能舒握自如，生活中許多小事，仍舊依賴他人，或由正常的另一邊協調。

自中風後，我便成為物理治療中心的常客，接觸一群同病相憐的病友，原來中風也因輕重不同、體質有異而造成復元上的落差。不管康復的時間快慢，等到五指操作的曙光出現，治療才算劃上完美的句點，可以滿臉笑容告別物理治療所，回到生活的正軌。

有個病友，出入治療中心已逾年，腳足已經平穩踏步，夫妻曾多次出國旅遊，只差手掌未能自如舒展，手腕無法向後彎曲，衣著尚須依靠妻子，證明中風病人通關運血，最難打通的是五指關節間的脈胳。脈胳一打通，血液循環舒暢，五指自然收發，可以探囊取物也。

我問過醫生，中風病人手指緣何最難康復。醫生解釋說：尖尖十指為我們肢體中最細幼的，指間的血管也最纖細，距離心臟又最遠，為血管循環的終站，輸送到手指的血液緩慢，循環的次數也較少。所以手指和腳趾在醫療上康復最遲。出現這情況很正常，不足為奇。

醫生說的當然有醫學根據。我中風半身偏癱，手腳僵化，寸步難移，經過藥物與物理治療，一週之後仍要靠枴杖緩慢踏步；至於棄枴杖蹣跚行走，那已經是三個月後的苦練成績了。這段日子，雖然不必整天悶在廳堂，但從肩膀到五指依然不能揮洒自如，肢體疲軟乏力，手指無法舒張，取物力不從心，更甭說執筆書寫了。

五指通常在中風後，都會不由自主地收縮成握拳狀態。嚴重性中風造成的腦部血管爆裂，病人陷入長期性的癱瘓，而緊握的這一拳，往往永遠沒法舒張了。所以，欲重新舒張僵化的五指，成為中風病人最不易克服的問號，也是最大的一項考驗。除了毅力和堅持，加緊勤練，沒其他的捷徑可走。

物理治療只為中風病人作引導，指出鍛鍊的道路，真正解開困難之鎖的是病人本身，根據物理治療規則苦練是唯一走出陰霾的途徑。

看著自己的五指曲緊如拳，不能舒張，內心的確很痛苦。希望在尚未全然僵化之前，珍惜微弱的抖動，嘗試磨煉，慢慢加強力度，深信終有恢復功能的日子。

耕夫的雙腳

生為耕夫，看來平平凡凡的那雙腳，想不到中風後竟產生一些效應，使我在康復的治療中，不自覺地受益。

從醫院出來的第一要事，即是到物理治療所接受治療，初時須依靠輪椅進出，果然對症下藥，幾天之後，我便棄輪椅而靠枴杖支持行走了。雖然步履蹣跚，移動欠穩，卻是向前跨步了。這，平添了我對復元的信心和勇氣。

我滿意自己的康復進度，尤其是我的腳腿療程中，我比一般偏癱病人進步快。物理治療師見我五短身材，體瘦如柴，腳力卻比一般病人強；曲身蹬踢、後彎撐體，一些高難度的動作，經過十多次復習後，都可以追上軌道，沒有力不從心之苦。

我迅速的反應，治療師殊為驚奇。一天問我，「你蹬踢跳躍的動作比人強，究竟吃了什麼仙丹靈藥？」

突然提出這個問號，令我一時語塞，可心中卻暗喜。我如果真有什麼靈藥，還會躺在這裡任你當小學生般指點嗎！

在思索間，忽然靈光一閃，自己當了幾十年耕夫，天天在森林叢野間造橋築路、巡視農作，朝出夕歸，一出門就走十里八里，強勁的這雙腳或許就這麼磨煉而來的。

於是，我帶點自豪地回答：「我這雙是種植人家的粗板腳呀！它們曾經在熱帶雨林裡翻天覆地，踏遍很多國內外膠園、油棕，還有可可！」

難怪！難怪！——

我屈指一數，連童年跟母親在橡樹林奔波算起，半個世紀有餘，我兩只腳每天不斷探索人生的路，若以十公里的路程計算，我已經走過了十萬里風沙，兩條腳經荊棘叢林的千錘百煉，應有與衆不同的耐力和堅韌，那很自然啊！

如果以手練劍術，憑五十年的苦修，功力也該成為一名武藝超絕的劍客了。而我日行十里的足下，雖沒將我造就為神行太保，但中風前遊萬里長城，卻是團員中唯一攀登八達嶺峰頂的遊客。當時也曾令我自豪，甚至於飄飄然呢！

年近古稀、鬢已星星依然登上長城，能做一個遲來的「好漢」，早年練就的那一雙腳居功至偉。童年便踏上坎坷的人生旅途的那雙腳，在我不幸癱瘓之後依然護主，在康復的歷練中助我享受優先。

無限感恩！

跨出一小步

中風病人的康復操練，可以稱為一項「幼兒課程」。因為一些幼兒都能輕易學到的動作，中風病人卻要練習千百遍，甚至經年累月不斷重複，始能做到，有的病人積慮過深，無法進入「幼兒課程「，成為終身癱瘓。

只有一歲半的孫兒，撐著學步車滑來滑去，兩個月即學會了走路，還靈活地爬上沙發桌椅，甚至要爬樓梯上樓。幼童學步，完全是一種天然能力的演出，成長中的必經過程。

中風病人的康復操練則相反，是一項澈底的刻苦經營，需要時間。我中風後躺在床上，由物理治療師活動手腳，幾天後還要依賴手杖才能蹣跚學步。也許信心不足，又怕摔跤，人有了年紀，顧慮就多；不像童孩那樣天真爛漫，心無旁貸。

踏出第一步的那種艱難，記憶深刻。幾經掙扎，身體豎立了，癱瘓的那隻腳就是不聽指令，久久凝注不動，如同一支千斤錘，無法舉起。後來在兩名治療師扶攙之下湊足勇氣，心力耗盡才蹬出一小步。

那種艱困，非局外人所能理解。難怪每次操練一種姿勢完畢，治療師總教人做一次深呼吸，舒經活絡，讓丹田回復元氣。

耗盡體能，只踏出那一小步，但卻獲得治療師的熱烈掌聲，被形容為病人中領先的「跨出」。那一小步，在感覺上，是我跨向另一段人生的起點。跨出了這一步，就等於接近了曙光，前面將出現一幅亮麗的風景！

我想不只是中風病人的課程如此，無論做任何事，最困苦艱難的起點，如果擔心失敗，猶豫不決、三心兩意，永遠站在原點；只要建立信心，堅決舉腳跨出第一步，就有機會度過險關，到達彼岸。

所以，不可輕看那一小步，它是人生的轉折點。

手杖和枴杖

第二次到醫院重診，我在手杖的扶撐下進去診療室，較首次坐輪椅由人推走已算跳入另一個階層了。

手杖，其實叫拄杖更正確些。如把手杖也視我的肢體代號，那我是一拄兩步，利用三隻腳挪動身軀的，那種不雅姿態不言而喻了。

醫生測量我的血壓後，叫我放下手杖，做個操兵的立姿，我竟然盤根不動。那只是出院剛滿一個月，難怪醫生愕然拋下一個驚歎號：「唔，進展得真快！」他說。顯然，他忽略了那是一雙種植人的腳，曾經在森林曠野日行十數里、跨山又越嶺的奔波絕配啊！

他詳細觀察了我的病況後，突而把視線轉移，眼光落在我探路的手杖，彷彿在研究什麼祕密！

「這是最新的改良型。」他握緊手杖的扶手說，「你看，四支撐腳，有兩隻是平行的，起腳舉步不會踢到；還有，它的扶手可以調整，隨人的高矮上下調整。」

他以欣賞一件藝術品的眼神，旋轉手杖重複遊覽，似乎告訴我那是精明的選擇。

其實，那支手杖出自兒媳的關懷。我出院不到兩天，手杖已擺在我的臥室了，那是兒媳外婆的遺物，她老人家往生不久，物盡其用，這手杖就迅速換主，成為我扎馬的支持點。

從那天起，手杖和輪椅變作我出入必備的良伴，去物理治療或醫院的交替依靠。而運用手杖的機率多過輪椅，因為在家常常要勤於探步，週而復始——從床上、椅子掙扎起來，腦中立刻想到手裡要增加一股支撐力量，才能建立移動的信念。

最初，從醫院回到家，除了靜坐就是臥睡，好動而農忙慣的人如我，難免感喟時間過得沉悶。接獲手杖後，起身走動不必依賴他人，除在廳堂繞圈子，活動活動筋骨；喜歡就用左手敲打電腦鍵盤，玩文字遊戲於五指間，上網還可以和朋友聊天。倦了，就撐住手杖，蹬到門前吹吹風，觀看對面園裡過去親手培植的菜豆，在陽光雨露撫揉下展示怎樣的姿彩！

這樣，鬱悶無形中就消融殆盡，變得精神煥發了。

我靠手杖擴大活動的空間。起步只局限在小小的斗室，那是床榻衣櫥霸據的地方。握緊手杖，一個步履不穩的病人，不但可以豁然起立，更能昂首踏步，一步一步慢慢走向目標。

靠手杖與枴杖走路，只是一個過程，一個暫時和短期的訓練。腳步紮穩以後，枴杖即變成了累贅，就要棄置。也只有堅決遺棄枴杖，才可以重振信心，走出一個自己的未來。

手杖閒著時，病人就好起來。

放下枴杖

棄擲枴杖的感覺，真好！

不只心情無比暢快，還是一項超越、一頁翻新、一個成長，割斷了過去的依賴和扶持，邁步新生，向另一段旅途探路，迎接一個彩虹滿天的未來。

驀然回首，撐枴杖一蹬一蹬摸索，一晃眼竟半年了。自從中風癱瘓，失去行動能力，枴杖遂成為我唯一的良伴，扶持我走過許多坎坷與不平，經歷了不少風浪，使我對一桿機械扶手也萌生了情感——說感恩或者貼切些吧！

過去的日子，一早掙扎起床，第一要事便是尋找枴杖，握著它才能蹬進浴室盥洗，啓開一天生活之旅。然後，仗著它，蹬下樓梯，坐定後翻閱當天的新聞；要啓開電腦屏幕，從網絡中瀏覽遠方友人的訊息，身一離席，想要轉換方位，支持平衡點的枴杖又要扮演它的角色了。

所以，那段日子，無論我到哪裡，枴杖總站在我左邊伺候，隨時傳召待命。再往深一層省思，枴杖和權杖極有淵源，彷彿是一對孿生兄弟，都是一種特權的象徵、權勢的隱喻。

每次我去醫院復診，看見別的病人都要徒步進去，但我的車子一到醫院門口，推開車門，守衛見到先下車的，不是人而是一根枴杖，自動恭恭敬敬將輪椅推到我面前，扶我下車，把我推到候診部。不待我開口，即有人自動服務，枴杖像是一枝指揮棒，給行走不便的病人製造了方便。去做物理治療也一樣，進去健身室，護理人員總不棄不捨扶進扶出，只因我手中多了一根枴杖，如同舉起一個救援的訊號。

逢星期天，兒子載我去檳城推拿，那間醫療所設在非常盛旺的商業地帶，車水馬龍、絡繹不絕，道路兩旁的泊車位常滿，每次我的車子一停，後面銜接而來的汽車即猛按喇叭，波波波不停，宣洩心中那股無奈，可是當我露出手中的「權杖」，將它蹬在路中，後頭的汽笛聲隨之嘎然而止，大家都沉住了氣，雙手搭在駕駛盤上，乖乖的目送我一蹬兩步、悠遊地橫過馬路，走向醫療所。

同樣是病人，相同的目標，看到別人在汽笛中倉皇失措、行色倥傯，自己卻可以從容不迫、慢條斯理，只因自己手中多了一根「唯我獨尊」的枴杖。是枴杖讓我享有特權，佔盡優勢，實際上是因我無法與人公平競爭，更貼切地說不過是一種施捨，含有憐憫成分。想到這裡，我心中不禁有種愧疚感！

於是，放下枴杖遂成為我積極努力的目標。一切從家中開始，由短距離起步，經過六個月的枴杖扶持，驟然間少了一項依靠，自然霎時感到難以適調；但是，我棄擲枴杖的決心已定，雖然是一拐一步，我也要完成心願。

「你行嗎？」內人有些擔憂。然而，三天過後，當我越過門前馬路，出現在那片油綠的園地，手中卻不見有枴杖，令她一陣驚詫！仰賴枴杖整整半年了，放下的感覺真好。行動雖仍然有些搖擺，步履稍帶蹣跚，但放下枴杖的決意，確實了我有改變現狀、回復自我勇氣！

最可悲是一些正常的人，仍憑借枴杖作為權勢，趁機享受種種優惠，企圖超越別人。可是這種人往往又在社會上呼風喚雨！

銀針在穴道上擺陣

設想，看著寒光熠熠、逐枚逐枚的銀針紮進你藏在皮肉的穴道裡，那地方神經線細胞密如蜘蛛網，問你會有怎樣的感受？

「痛」是最先的反應。

除非你是針灸實習所中的塑膠模特兒，銀針紮了又拔，拔後再紮，針孔遍佈全身都毫無感覺。但如果銀針刺進是血肉之軀，不呼痛也會激起一陣驚悸，令你痙攣連連！

所以我對又細又尖的銀針，心裡多少產生抗拒，中風之前和中風之後，都不曾改變。不知多少次，妻子、兒子柔聲軟語，在我中風後規勸我物理治療之外，試試銀針的功能，那是中醫具有悠久傳統歷史的療法，在臨床經驗發揮了意想不到的奇效！

他們一而再的關切，送暖噓寒，無非希望加速康復我的病況，減少痛苦。「一人病全家病」，我當然理解衆人的心情，這時刻親情的呼喚成為我最有力的支柱，我得全力以赴，別再猶豫，何懼於一枚小小的銀針！況且在銀幕上，多次看到洋佬遊中國時，一時好奇心發酵到針灸所去紮針，享受經驗，容顏表情毫無「痛」的悲感流露——但見平呼靜息、闔眼養神，似乎全然在中國幾千年醫療的傳統文化裡沉醉！

病魔纏身，我以一個華裔身分在猶豫的路上踟躕，放棄一種早已印證了效果的傳統醫療，只因為那麼微弱的一丁點刺痛，這種幾近於懦夫的行徑，如何去面對荊棘滿途的人生旅程啊！

意念這麼一轉，我那顆對銀針搖蕩不定的心，突然停擺，鼓起勇氣從容赴約，想到印度信徒在大寶森節還願，不是滿身刺針毅然上路的嗎？不過，為了謹慎，我還參閱了中醫書籍，在中風的篇章對針灸的療效作出正面的肯定，而且愈早施行愈好。那麼，依靠柱杖移步的我，還猶豫什麼呢？

我作了這樣的省思後，終於讓兒子用輪椅推我進去檳島的中醫部，一所專科醫院附設的部門，主治醫師都來自中國，他們全是針灸班科出身，且有多年臨床經驗，這是赴約前給我服下的一顆定心丸。

附設部門竟有那麼多病人求醫，又給我服下第二顆定心丸。把我的個人資料輸入檔案後，須臾主治醫師就召見了我。是一名中年女醫師，一邊替我把脈一邊問我普通的病情。

等她問完了，最後我問：「依我的病況，要針灸多少回？」

「很難說。」精簡的回話，語調冰冷，就像室內的氣流。說完，就叫助手就把我帶走，深恐我問多了，影響她的工作進程。

去到另一個空間，是針灸廳，有很多病床，見到有半數圍上了帷幔，顯然針灸正在進行著。我在一張空床剛躺下，落地的帷幔隨「刷」一聲拉攏，分成內外兩個世界，頓時把兒子和我的親情孤立起來了。

隔床傳出談話聲，一個病人逍遙地嚼蘋果。這時刻還能嚐果實，教我對銀針進一步安心。其實，身體已擺在手術臺上，命運就此判定，一切憂慮都屬多餘了。

從輕輕的腳步聲中，主治的醫師出現了，她手裡托著小銀盆，盆裡放著什麼，甭想都知道了。她叫我仰臥，不要亂動，針灸要開始了。我把視線投向天花板，正好與兩支強烈的燈管對望，那滋味當然不好受。

「要紮多少枚針？」我好奇地問。

「最好不要知道！」語氣一如先前，冰涼的。

全身共有三百六十一處穴位，半身中風也有一百八十處，我豈不是滿身掛刺，變成一隻刺猬！心中雖然這麼想，卻乖乖地一動也不敢動，任由她擺佈。

假如紮針也像佈陣，她真的開始佈陣了。假如把針放大，大到像木樁，那麼這個陣應該是梅花陣，方世玉的師伯五枚師太與李巴山就在梅花樁上拳來腳往，一決雌雄。銀針細同毛髮，這樣的針孔皮膚一收縮見不到了，那像木樁拔除仍空留一個大窟窿，要時間去填補。

我的眼睛雖然凝駐天花板，但卻清醒知道她的針陣從我左邊的頭部作起點，一路沿右肩往下直到腳丫，中途歷經肘、腕、指、腿、膝、踝、趾等部位，待那枚刺進拇趾的凹谷後，她的陣法隨即戛然而止。然后又是施施然如貓的踏步聲，離開帷幔，和我。

「爸爸，痛嗎？」醫師走遠了，兒子立刻趨前來呵護。原來他沒有離開，一直在外面靜守，等待一個最關切的題解。

「沒有，只像被螞蟻親一口！」我答。

這是實話，只有紮在頭部的第一針，有輕微的痛感，儘管接下來的佈陣如狂風暴雨般緊密，全然沒有感受了。會不會因癱瘓而麻痺了，我在反復思索，但找不到定案。

漸漸地，針穴次第啓開了一系列的窗——我感到筋脈裡有腫脹的悸動，輕微的、緩慢的，不怎樣覺得難受；覺得難受的是我躺下來半句鐘了，像一具默然的僵屍，想動卻不能動，要搔癢不能搔癢；還有鑲在天花板上一百瓦的光管，那樣無情地往下瞪眼，令我五目迷眩。這都遠比密麻的針陣難捱。

穴道的膨脹力隨時間加強，我依然僵屍一般仰臥著。不久忍不住闔上眼皮，懵懵懂懂睡去，迷矇裡依稀輕盈的腳步又出現了。我感覺到有一隻揉荑的手把銀針逐枚逐枚拔除，依照先前紮下的順序。

我很想算看多少枚針，但仰臥著眼睛向上，拔除的手法乾脆利落，又不留疼痛，銀針的數量只有醫師知道。

「記得，過了三小時才好洗澡。」很想問看幾時要復診，但她拋下這句話就匆匆消逝了，像一陣風。

望著她遠去的背影，我有點失落感。

醫者父母心。醫生除了要有醫術，一顆關懷病人的愛心更不可或缺。醫生開出的藥方裡，多贈送幾帖關愛給病人，於己無損卻對病人的康復發揮意想不到的激勵潛能。

同時，在我們心裡，關懷是個百寶箱，源源付出也滾滾回流，所以永遠處在飽滿狀態！

迎接另一道彩虹

有些事，看似簡單，經親自歷練，方知複雜。有些動作，看似容易，事實稠密迂迴，練起來一點也不簡單。許多時候，只有親其位、謀其事，方知冷暖。

血管阻塞，像一陣風般突而暴起，把我右半身捲得奄奄一息。當從震顫的夢魘裡驀然回首，在輾轉的人生旅途中打點抖擻，企圖把路程延伸，第一道要打通的關口就是週而復始的物理治療。

你無可逃避，更沒有轉彎的空間。

一個半身不遂的人，物理治療是恢復正常生活唯一的亮點。闖得過關口，就抵達康莊大道，天邊出現另一道彩虹；若不幸被卡住，將成為輪椅永遠的戀人，咀嚼一段人生的苦味，還有無奈，直到終老。

誠然，誰都不願束手罷休，掉落在這樣欲拔不能的泥沼。但是，前方橫臥的關口非比尋常，那道無形的銅牆鐵閘，也許關雲長過五關斬六將的凜然氣概，是較合適的隱喻吧！

所以，每當我從輪椅上見到治療室的透明體，難免思潮起伏、心頭百轉，總要鼓起很大的勁力，還有勇氣，因為治療室的大門雖是玻璃裝製的，在我心間，卻是一道無比牢固的防撞牆，肆意向我挑戰的關口，掛滿敵意；每次進出，都像在揶揄我、嘲弄我，給我一個無可言喻的暗示：「想過這一關，亮出你的看家本事吧！」

那時刻，如果稍微猶豫，或者信心動搖，就會不戰而退，把輪椅回轉，往後日子的排位就緣定終身了。

「怎麼辦呢？」我問自己，已經親臨關下，不叫陣難道勒馬回營嗎？「不，絕不！」我語帶堅決。以我向來不屈的性格，闖關是唯一的抉擇，要簽城下之盟，經過連場決戰，才分曉輸贏。

然而，此刻，我的處境，靠兩個旋轉的輪子調動身軀，一切運作聽命於別人，縱使有關刀一把，刀刃如雪，手無縛雞之力，又怎能舞動沉重的武器迎敵！

對著治療室的玻璃大門，我沉著靜思，接著提一口氣，淡定自若地對出來接待我的治療師說：「爭取時間，快！推我進去，我要好好操練！」

好好操練，這是闖關的先決考題。治療師自然不理解我的心意：我早把玻璃門視為關口，我天天在努力闖關，盼望不久就可突圍，跟著眾人腳步的韻律和節奏，回到生活的原點。

赤手空拳，要以什麼形式完成願望呢？

——用我的信心、堅韌，還有勇氣！

這樣，我進入了治療室，打點精神健身，同時，不斷提醒自己，每一個操練的細則，每一個扭動的環節，我都認真接收、銘記於心，小心謹慎、周而復始。

要呼喚失去感覺的半身重新甦醒，要靜止操作的骨骼、肌肉、經絡活躍起來，在進行操作過程中我才驚覺、領悟到難度，每款起伏、左右、前後的變化，像一層緊接一層的洶湧大浪，令我不是蕩氣，是似乎窒息。想起要給荒廢的肢體找回生機，我沒有氣餒。

「來，重來一次！」我常要求治療師重複課程、循環不息。一顆熾烈燃燒的心，把我從浪濤中喚醒。

用一股堅持和耐力，我要盡快闖關：蹬著雙腳，站立舉步，悠然而穩健地，平步走出治療室的玻璃門。

我闖關用的不是關刀，而是自身堅定的意志力。缺乏自信，沒有鬥志，等於放棄，是所有疾病康復的絆腳石。病理專家說的，給所有病人的預告，也是警惕。

闖過關口，我看見另一道彩虹，在無比壯闊的天邊，迎向我。

半個機器人

想不到，自己洗澡時不慎，摔了一跤，竟成了半個機器人。

這一跤，摔得委實不輕。老人骨頭脆，一摔，大腿骨便裂了，仰倒在洗手間，爬也爬不起，勞師動衆才進入專科醫院急救。

那種痛，生平第一次遇到，真非比尋常。一個中風病人，最怕摔倒，我深切知道，也不時警惕自己：小心！小心！

但還是那麼不小心，一失去平衡，即成千古恨！

半夜進入醫院，招來了醫生，骨科的，把我推入X光室，一照，果然大腿骨斷了，醫生說：「唯有夾鋼片鎖螺絲。」兒子聽後，安慰我，「現在的醫術高明，即使是鋼片螺絲，康復後走路也和普通人一樣。」

這都不重要了，眼前最重要的是，解決我腳痛的問題。

斷裂的腿，腫得比另一隻大兩倍了！護士替我注射止痛劑後，醫生把傷腿拉直，用一個框架穩住，感覺舒服多了。

「明天早上才做手術。」醫生說完，走了。我躺在病榻上，思潮起伏，偏癱將愈之際，這一跤，摔得不是時候。

徹夜沒有好睡，護士輪流前來測量血壓。清晨五點鐘，盥洗完畢、服藥、測體溫，護士叮囑，不可吃東西，九點鐘開始動手術了。

兒子請了假期，母子大清早就到了醫院。醫生也準時，九點許我進入手術室，率先的感覺是燈光特別亮，空調也格外冷。

身體擱在手術臺上，那滋味當然不是很好受。這是第三次經驗了，我孤注一擲，把身體交給鋒刃似雪的手術刀，任由宰割。前兩次，是頸項長瘤，醫生說要「拿掉」，拿掉就拿掉吧，體內多長出的東西，還會是好東西嗎？

刀剮頸部，能不心寒！今次剮大腿駁骨，也不是小手術，總之靈魂在陰陽界之間猶豫、擺盪！

一切手術辦妥（其實是簽妥），麻痺劑就把我熏倒了。

大概過了一句鐘，待我迷迷濛濛地醒來，仍在手術室，但感身體虛弱無力，眼皮欲張還蓋，又饑又渴，護士見我醒來，把我推進病房，我不知覺地睡去。

下午，醫生說可以吃流液的食物了，妻子才餵了一口稀粥，就嗆咳作嘔，震動傷口，疼痛不已！啊，雪白的手術刀，現在才感覺你的霸道！

不久，醫院飲食部負責人前來問：中午、晚餐要選吃什麼？此時我氣若游絲，龍肉都難以下嚥了，就隨便應道：「魚粥好了！」這時骨科醫生巡房了，他揭起被單摩挲一下傷腿，我才發現還臃腫，刀口還銜接著一支膠管，讓未乾的血跡流入床邊懸著的塑膠袋裡。這教我驚覺難怪雙掌那麼蒼白，我想臉色一定更難看！

住進專科醫院，護士二十四小時服務，有事按鈕，隨時出現；妻子依然不放心，晚間過來做伴，因怕我還未能自己進食。這一病室，全是骨骼問題的病人，鄰床的印籍中年，在峨崙半山交通意外，大腿斷成幾截，探病的來客徹夜不絕，說話聲量又大，半夜還流連不去，把醫院當成衆人的「巴刹」，真累人！

朦朧中又被叫醒，護士來測血壓、量體溫、服藥，總之一夜無夢，到了清晨五點鐘病室燈光大放光芒，護士替病人抹身、更衣、換床單，又是一陣忙。我的床榻近窗口，向外眺望，對面那排商店鐵門深鎖，馬路冷冷清清，週遭依然一片昏暗呢！

今天早餐的魚粥吃下半碗，再沒有嗆咳的現象，體內的痳藥也許是消失殆盡了。九點鐘，護士又把我推進X光室，給動手術的腿部連拍三張照。身體反來覆去，新剮的傷口自然不好受，只有忍、忍、忍！

回到病室時，醫生已在等候，他重複看了幾遍底片，微微一笑，似乎滿意自己的駁骨功夫，這對我很重要：他的成功，點亮了我的未來！

他把底片移到我眼睛的焦點，指著那片約莫有四寸長的E字形物體，說：「鋼片和你的腿肉吻合，通過鍛鍊就可以走路了。」

我聽了，頗感安慰。從此，鋼片螺絲與我的右腿融成一體，我歇息它們就跟我歇息，我走千里它們就陪我走千里。

成了半個機器人後，康復運動又得重頭做起了。

在斗室和廳堂

大腿摔傷後，生活又回到了原點。活動的空間，總是在斗室與廳堂之間循環；思想的空間，也在這個侷限裡擺盪。

如此，什麼都變得狹窄起來。

每天四點半起床，很定時的，不必鬧鐘。白天習慣了午睡，晚上又早眠，還需要鬧鐘把關嗎？

醒來的第一要事，便是做康復運動，從大腿到腳跟、腳趾；從腰脊到肩膀、腕肘、五指，每個動作重複五十次，整個過程耗時一句鐘。

一個健康的人運動一個小時，都已汗水簌簌了，何況一個癱瘓的病人！所以此刻，我早已氣喘連連，需要靜靜養神了。

接下來是輕鬆的節目。啓動電腦屏幕，從密集的鍵盤中尋覓知音，看到有遠方近處朋友捎來的消息，幾句關切的慰問，勝過一帖對症的藥方。

也可以從網絡上查閱，看一看自己的文稿有無中選，被貼上網絡，供凡懂漢字的讀者都可欣賞。

文學之路，是寂寞的，只有與人分享那一刻，才覺得愉快。林煥彰說：「寫詩，必須承受孤獨；詩寫好了，必須跟人家分享。」想來同一道理。

我中風到現在，匆匆就是八個月了，如果不是摔倒，接近康復期了；現在回到原點，重新出發，唯我不怨天尤人，默默承受這場浩劫。

命在，總會有明天！

一盞警惕的燈

中風又摔倒，腿骨斷了，動手術駁接之後，每週去做物理治療。

設在專科醫院的治療中心寬闊，除了四張床位，其他各角落擺滿了操練的儀器，踏車、跑板、拉輪、平衡桿、扶梯、皮球、跑步機──應有盡有。

治療中心收費不便宜，但經常客滿，每個客人聚精會神地操練，企圖衝破中風的魔咒，回復到生活的原點。

我屬中風的病患者，渴望康復的心情，豈有例外？

治療師分身乏術，沒有接待我。櫃檯登記的小姐拋出一個抱歉的臉色，吩咐我稍等。

操練的儀器都被病人包攬了，當然只有等。

驚愕之際，向櫃檯小姐：「怎麼會有那麼多病人？」

「怎麼不多，單單這間醫院，每天進來的病人中，至少有一人是中風的！」她說。

雙溪大年有好幾所專科醫院、幾所政府醫院，加上普通診療所，這樣算起來幾十萬人口的城市，每天不是有好幾人患中風？

今天讀報，終於找到答案：衛生部長拿督蔡細歷醫生指出，我國每年發生五萬兩千宗中風病例，平均每小時就有六人中風。

這個數據不可謂不驚人。

更令人吃驚的是，國家健康與疾病調查結果顯示，大馬三十歲以上的人有百分之十四點四患有高血壓；再過十年，數據將提高到百分之二十九點九，剛好是現在的一倍。

換句話說，屆時我國每小時將有十二人中風。

假如根據這項調查，中風真是可怕的病例，值得我們重視，應該好好注意我們的身體狀況，經常測量血壓，因為所有的中風禍首都是血壓偏高引起。

偏偏很多人忽略了這點——沒有把血壓平衡放在胸臆。等到癱瘓不能行動的時候，你已經在中風的魔咒裡掙扎。

我們常常站在黑暗裡，才想起缺少一盞燈。

一盞警惕的燈。

遠山近樹皆溫情

中風後，更加覺得人間到處有關愛與溫暖。

以前，常喟歎人情淡泊，世態炎涼；事實因時空間隔，縮減來往。另外，平日生活如常，身體健康，大家都為三餐營營碌碌，不要說噓寒送暖，甚至連電話詢問也在恍惚間忽略掉。

也許，彼此都覺得：沒有消息就是好消息。

與親友斷訊的另一緣因，是自己的生活行蹤飄忽。

五年離開半島，六年飄泊異國，漸行漸遠漸無書，很多親朋戚友因間隔而疏離，由疏離而斷訊。夢裡不知身是客，夜半傳來的濤聲浪吟，只盼望遠方的友伴別來無恙。

退休歸來，想過平靜的日子，無奈掉落中風的咒語。行動不便，活動的天地從此局限在斗室裡，陽光慰撫不到的小空間。正當彷徨落寞之際，昔日的疏忽，甚至斷訊的一群夥伴紛紛捎來了溫情。

舊雨融入新交，慰問的電話、信件、電郵，飄來的語言和文字，每一句叮嚀都填滿關切，每一段文字都是緊密的慰問，和令人深深感動的祝福！

一面之交的老師，親自繪製了一張祝福卡，由外孫女傳到家裡，卡片寫著：「盼望這張簡單的卡片，能加強您康復的信心和勇氣！」寥寥一句話，足夠令人感動一輩子！

陽光一般的和暖，花香似的溫柔，從遠近的朋友呼喚中先後送到門口，成為我免費的療傷靈藥。人生旅途上有衆多熱忱的夥伴相隨，路程再坎坷我也奮勇跨過去！

二〇〇七，絕對難忘

二〇〇七年，對我，無論是回顧或前瞻，絕對可以評斷是這一生中最難忘的一年，縱使記憶消失了，或者腦筋健忘，這幾顆扣緊大腿的螺絲，粘貼於肌膚的鋼片，只需垂手輕輕一揉，就很清晰地感觸到嵌入大腿中的部位，甚至，還可能激發隱隱的傷痛。

有什麼比斷腿更能觸痛神經的事呢？

真是禍不單行。我以為二〇〇六年國慶日那場突然中風，是生命中最難泯滅的記憶最難消受的疼痛；靠另半邊的力量支撐的身體，三隻腳一蹬一挪跳動，應該算最沉重的身心打擊了吧，我心想。

可是沒有，應驗了禍不單行是真的。

劫難日，二〇〇七年三月十二日，傍晚七點鐘，摔倒在沖涼房的場景，像一列火車沉重的輪子，輾過我記憶的門扉，劃出一道深邃的齒痕。無論歲月如何沖刷也滌不去的疤痕，鑄烙在我右腿的血肉裡。

那屬永恆的，骨科醫生說，不像機器零件，用久了必須拆換。

永恆的，欣慰免多動一次手術刀，卻隱喻著鋼片螺絲零件將永遠追隨主人。我上天堂，它們也上天堂；我入地獄，它們也入地獄。它們該懂得好好保護主人，像陽光大道邁步，接觸旖旎的人生風景。

難忘的二〇〇七，折骨之痛，是年老骨骼疏鬆了嗎？就那麼輕輕一摔，竟造成終生的遺憾，一輩子的缺陷。起初，招來附近的「傳統骨科」郎中，他抱我起來，摸完整只腿，充滿自信地說，沒斷。貼上跌打膏藥，服食止痛丸，收費後他飄然消失在蒼茫夜色中，留下我在斗室裡呼痛呻吟。

痛，依然牽動神經，傷腿逐漸逐漸膨脹，膨脹到另一隻腿的兩倍。不得了，兒子對媽媽說，爸爸的傷腿縮短了，快召急救車送去專科醫院。

醫院回電說，急救車出門了，真巧，士急馬行田，全家人出動，把我扛上兒子的客貨車，半夜三更送我到醫院。透過X光掃描，骨科醫生對兒子說：你爸爸的大腿，斷裂了；明天一早我替他施手術，扣鎖螺絲，再做物理治療，很快康復的。

很快康復的，鬼才相信，斷腿喲！經過醫生拉直，夾穩，打針後，痛苦果然減低了，但是依然整夜無眠，眼睛讀天花板讀到天亮。

翌日，躺在手術臺上，注射麻痺針後，剮割鋸砍任由擺佈，全無知覺了。就此猝死，想來也很逍遙自在，但中午即從朦朧中甦醒了，看見妻兒在床邊，氣色凝重。

爸，手術很順利，兒子安慰我。平臥在床榻上，全身動彈不得，眼珠卻可以轉動；看見大腿的傷口接著一條管子，床邊懸著塑膠袋；塑膠管子整段紅艷艷的，證明割口還在溢血，難怪我的雙掌蒼白如紙。不用說臉色更難看。

第三天醫生才把管子拔除，血止了，他說。我心想，是流盡了也有可能，但醫生的詞彙總不會那麼直接的。一連三天，潔身、進食、大小解，都假手予人。每隔兩、三小時，護士就現身，不是測體溫就是服藥，準時而周到。妻子除三餐回家解決，其餘時間總守在床邊。日夜如斯。第四天，醫生說可以回家了。扛我坐上輪椅那一瞬，大腿的疼痛又出現了，像那天在沖涼房摔倒一樣的無法形容，一樣的刻骨銘心！

這是第二次靠輪椅行動。第一次在去年中風的時候。

經過不斷的磨練與堅持，兩個月前又開始了枴杖旅程。

不過，一定得加強訓練，有朝一日必能棄擲手杖，正常行走。

二〇〇七，今生今世，絕對是我最難忘的一年。

人生的無奈

生病原不可怕，可怕是生病了遇見庸醫。

這是我中風後的感觸。傷痛那麼深切，幾個月了，所造成的不便迄今仍在尋找方案填補傷口。

選對醫生，可以藥到病除，恢復健康，重過正常人生活，頂多損失一點金錢而已。用金錢就能買回健康，有了精神和體力作後盾，在人生的旅途上繼續拚搏，努力奮發，可以找到錢財，讓生命再一次擦出光亮！

遇見庸醫可就有難了，令你的生命陷於低潮不算，還虧蝕了錢財與時間。那種須與病魔對抗的折磨，沉重的打擊不算，還在心靈上積下難以泯滅的陰影。

我原屬輕微中風，由於接待的醫生沒有及時發現，以為沒事，叫我回家休息，幾小時過後我進入癱瘓狀態，弄到要坐輪椅入醫院急救，昏迷而導致腦部溢血，接下是一場望不到盡頭的人生挑戰。

我半夜醒來發覺行動不妥，感到右邊身體異樣，手腳不靈活不聽使喚，我暗忖這可能是中風的症狀。更深時刻遇到這等事，的確很棘手，因為兒子住在檳島，妻子要照顧熟睡中的孫兒，幸虧女兒女婿住在鄰近，只好向他們告急。

到了專科醫院，我猶能穩住腳步進去急救室。不巧那天是八月三十日，我國獨立紀念前夕，很多專科醫生都出門度假去了，候診的是一名普通科醫生。我告訴他我的右手右腳擺動不便，是中風的跡象。他先用小電筒照照我的眼睛，然後叫助手測量我的血壓；接下來叫我用右手擺幾個姿式，又以右腳右左前後擺幾個姿式。雖然我都一一做到了，但有些偏差，沒有平時的準確。

「我沒有發覺你有什麼不妥！」醫生說完，開出藥方，打發我回家。臨走他說：「明天是國慶日，公共假期住院收費要雙倍，不划算！」我不知道他為我節省費用，抑或怕我付不起。

不管持哪種理由，都證明醫生錯判，因為沒有為病人診出病情，當機立斷。當我回到家裡，要上洗手間半身軟弱乏力了；須以左手扶住牆壁，才能勉強移動。那種情況真慘，正值子夜已過、黎明尚遠時分，萬籟俱寂，四野無聲，平時醫院大門敞開，唯今日是國慶日呀！到哪裡去找醫生呢？剎那間我不禁倉皇失措，心裡蒙上一層慌恐和焦慮。

誤診成了我的致命傷，在呼天不應、喚地不聞的情況下，唯有在靜穆中祈禱，盼望曙光早些照光我的窗櫺，上蒼張眼俯視大地，我可以盡快趕赴另一場求生之約！

我掙扎起來，致電我的主治醫生，訴說我的危急。電話那頭回音：「趕快來，我在醫院等你！」這一回，我是坐輪椅進醫院的。半夜誤診那位醫生見了，似有內疚，說：「你回去發現不妥，應趕快回來呀！」我已經有氣無力，沒有回應。這時主治醫生走過來，即刻安排我進入加護病房。

中風病症是應該馬上施救的。我因為延誤，輕微的中風經過六小時的拖延，腦部栓血，半邊身體已經癱瘓了。遇到庸醫，是病人的不幸，也是人生的無奈！

左撇子的情懷

天生左撇子的我翻閱了林多順大作〈左撇子情懷〉，不禁心有慼慼焉。於是感同身受之餘，也想侵佔〈星雲〉一點篇幅，讓右撇子知道我們少衆的左撇子所面對的各種挑戰，生活際遇，還有煩惱。

現在科學先進，教育普及，父母已不再因孩子用左手而驚惶失措，更不強迫他們用筷子和書寫必須用右手了。不幸出生在懵懂的四〇年代的我，雙親不識之無，看見我用左手抓筷子，馬上視我為異類了。

我五官端正、四肢正常，一切舉止行動都與其他孩童沒有兩樣。就在我五歲的時候，跟大人學用筷子，想不到我竟因此闖禍。當父親發現我扒飯和夾菜都用左手握筷子，馬上責道：「全家人都用右手拿筷子，你什麼用左手？」我環視同桌吃飯的人，真的，唯有我是左手怪。於是，翌日我便改用右手，可是筷子很不聽話，不但夾不起菜，連飯粒也落滿桌面。我於是把筷子交還左手，就在我伸手夾菜之際，父親二話不說，屈著五指往我頭頂一鑿，聲色俱厲地罵：「再用左手拿筷子，就休想坐在臺桌上吃飯！」

在母親安慰下我哭著吃完那一餐。父親那一鑿真的鑿醒了我，接下來的日子無論筷子如何不聽話，我都得以右手的五指捏穩它們，慢慢去適應和順服它們。我終於把自己訓練成「正常」用筷子吃飯的人。

說到改變我用右手書寫，我得感激長期和我們一起生活的堂哥。堂哥在原鄉廣西讀過多年私塾，在我們家裡是唯一懂得文墨的人。我九歲那年，堂哥見我因路遠交通又不便，兩次報了名都沒有進城讀書，自告奮勇要教我念書習字。我記性好唸書朗朗上口，輪到握筆寫字立刻緊皺眉頭，原來我雖用右指握筷，但左手的慣性仍根深蒂固，一想到寫字左手就搶先出發，拿筆在白紙上塗鴉。

冷不提防堂哥的戒尺從天劈下，怒氣沖沖說：「寫字用左手，一輩子都難練得好！」戒尺橫敲在我的手指上，「得」的一聲，比父親擊在我頭頂那一鑿更響亮，當然蕩漾的餘波也更令我心驚膽顫！堂哥這一敲的代價，是我後來正式進小學的時候可以很順暢地以右手習字和抄寫。

作為少數天賜的左撇子，我對本身的「左傾思想」也不盡理解，緣何運用單手時總是左手領航。除了早年被迫強練的用筷子和書寫，在生活習慣中我仍舊是一個左撇子，揮刀握剪拉鋸拿鉗舉錘子，弄劍舞槍，無一不是左手的任務。苦命的左手也因此磨練得較結實和粗壯。左右手這樣天衣無縫的配搭，在我行走江湖幾十年間，替我處理無數人生難題，很感恩雙親賜我這雙手。

人生的際遇，真個很難預測，走到晚年退休之後，左右手操作又在發生變故。事源六年前不幸中風，右邊身體癱瘓，我也隨之被打回原形，回到孩童時代的左撇子。用餐與書寫，右手的指令經已失效。那時恰逢我有新書出版，有人出版社幾位成員送書到寒舍，我坐在輪椅上簽送幾本書還禮，他們見我左手拿筆頗為驚奇，卻不知道我原本是左手「怪物」，是早年的「一鑿一敲」改變了我的左傾特徵。

童年因雙親和堂哥強制，讓我學會用右手拿筷與執筆，晚年卻因癱瘓而走上回頭路。但是我並不因此氣餒或死心，這回是自我強制要恢復右手的操作功能，兩年前開始用右手執筆，也用右手握筷子。起初的確很困難適應，字體潦亂歪斜彷彿幼時的塗鴉；用餐握筷連姿勢也擺不正，妄想夾菜和扒飯了。這樣左手為主右手為副艱苦地熬了兩年，右手每天執筆抄寫至少半小時，用餐則左右交替；漸漸地掌握好字形，雖然一筆一劃寫得辛苦緩慢，卻有不斷進步的欣然感受。握筷子的進度不比書寫，尚未能揮洒自如，卻也能夾起粗菜和麵條了。

雙親當年把左手稱為反手，右手才屬正手。我現在重練右手書寫和握筷子，並非先妣先考當年舊習俗的思考反正，而是作為中風後一種康復運動，或者學科化說是物理康復治療。我所走過的左撇子路程，也複雜也悲涼，卻使我的人生閱歷更豐富多彩，也更具挑戰性。

我和輪椅的三個約會

其一

中風癱瘓或摔跤斷腳，康復路上都必然經過三個階段，依靠三件儀器扶持磨煉，方可恢復自然行走。輪椅、扶架、枴杖，是他們不可或缺的「三件寶」。三件寶或可以輕易買到，但是擁有三件寶未必就能扶你起來走路；康復是條迂迴的長路，你必須抱著堅持的心，滴盡許多汗珠，才能昂首闊步，重涉常人生活。

先從輪椅說起。行動方便的人，都會忽略輪椅代步的可貴性能。我健壯的時候也曾對輪椅投以漠然的心態。因為輪椅專為殘缺或體弱者而設，坐在輪椅上由人推著走，常常要接受旁人異樣的眼光，心靈上難免有些不自在。

我何其不幸，中風未復元又摔跤斷腳，與輪椅作了兩次約會。坐上輪椅那一刻，我恍然領悟，每種物質必有其存在的理由，遂對輪椅的價值重新定位，而覺得輪椅的設計對病人簡直是一項偉大的開創。原來雙腳不良於行，靠手轉動椅輪，同樣可以到達目的地，同樣可以移動身軀到戶外看朝陽和送日落。雖說有些許不便，但總比悶在斗室數天花板上的壁虎暢快得多。

當然，不靠輪椅，能夠站起來走路更好。步行可以更自由些，可以輕鬆更換角度和不同環境欣賞朝陽與日落。所以，人在健壯的時候，務必好好磨煉一雙腳，多走路，把腳板磨出厚厚硬繭，足以應付各種荊途。

坐輪椅，只是最後的走路選擇。也是無奈中一種行走形式。

其二

我們總往上看。人在走路的時候，希望有部車子。被輪椅囚禁了幾個月的我，站起來的慾念就從心底茁芽。多年後的今天，我猶記得從輪椅掙扎起立的那種心情，那份欣然就像爬地的幼童第一次站立昂視一般愉悅，還帶著幾分勝利的傲氣呢！棄輪椅站起來學步，那是中風兩個月後的進度，也許算很慢了，卻是努力苦練的累積。

兩個月彷彿悠長的兩年，在床榻與輪椅之轉移，僅有一片狹窄的天地。重新站起來，從此告別了輪椅，多麼愜意而暢快的事呵！想起依柺杖支持的時光，一拄一拄地三隻腳走路，豈止姿態蹣跚而欠雅，簡直像一隻蝸牛在辛苦蠕動。但是我相信，柺杖扶持也屬暫時性的，有一天我會像學步的幼童一般昂首闊步，重新走入過去的活動空間。

也許歡欣得太早了，萬想不到，「禍不單行」這句話應驗到我身上。某日傍晚洗澡時，兩足一溜，摔倒地上，成為我人生最大的摔跤，使我捲入人生最大的逆流裡。是上蒼的意旨吧，我必須經歷這樣的挫折磨難，這一跤把我癱瘓的大腿摔斷，於是，我沒有選擇餘地，與輪椅第二次作伴。

第一次約會輪椅，只因右身癱瘓手腳乏力，頭腦依然清醒且思路明朗，心情倒也很平靜。第二次靠輪椅行走心緒就無比紊亂了。暮色蒼茫中，帶著一條僅靠經絡和皮膚牽連的斷脾，在家人護航下進入醫院，忍著萬箭穿心的遽痛，由醫生翻來覆去照X光。真的斷了，唯一的辦法是動手術，置入鋼片鎖螺絲。

傷痛中有幾分清醒，我回頭表示同意，但心裡卻懷疑，單就中風已難於康復了，如今癱瘓又斷腿，會不會從此一輩子和輪椅結緣，甚至在床榻上度過餘生？縱使有機會站起來行走，也將是一場長遠而頑強的苦戰，一條夜長漫漫、迂迴曲折的崎嶇旅途啊！但在心緒亂如麻的那一刻，醫生是導航，他的決策是唯一的指南針。我和家人，都成了階下囚，順得貼貼服服。

在一病一痛的夾攻下，我軀體的城池陷於癱瘓。臥在榻上不敢轉身，翻轉駁接的傷口敏感呼痛，心想最好永遠靜靜地躺著，不要見到天亮，天亮了等在床邊的輪椅爭先迎接我，這時家人就扶我上去，雖是輕柔且溫馨的呵護，卻也侵犯到疼痛的神經，又是一陣驚動肺腑的衝擊。

命苦卻命硬，我沒有在疼痛中昏闕。我還活著，卻與輪椅形影相隨，這次的契約比上回長，超越百日我才能靠扶架支撐著試步。扶架只是試步，我還是靠輪椅蹉跎日子。半年過去了，棄扶架而撐枴杖，又開始一拄一挪地移動腳步。這時候枴杖變成我摔跤後一個穩定的力點，但決非終身的行走證書。期限到了，我毫不遲豫地為它舉行葬禮，遺棄在陰暗的一隅。

其三

又好多年後，棄枴杖獨立踏步，我很不傳統地走著——斷腿造成的缺陷，使我無法逍遙自在地高昂闊步。一顆小石子都有能力令我栽觔斗，我得全神貫注路面，故走路時我的眼睛視焦落在腳尖。勤練是康復唯一的法門，而日子終在探步中消逝。

六年了，我窩於斗室，對著電腦和鍵盤，絕跡所有文學活動。許是有緣吧，就在去年歲末，我和輪椅又再約會。相隔了六年，這是我們第三次相見。不是風癱，亦非斷髀，我們這次是預約，在機場，是多年後愉快的依偎。

第三個和輪椅的約會，起因是參加廣州舉辦的「與文學共存」文學研討會。「你缺席上屆峇里島的文學宴，希望這次你能參與。」是臺灣撥來的長途訊息，說話的是世華作協秘書長符兆祥先生。看著腳尖走路可以出遠門嗎？我不禁懷疑，我確定自己力有不足。

沒關係，由太太陪伴吧！這樣就強化了我赴約的信心。於是兒子馬上為我們訂機票，並說明出入機場要一架輪椅護送。

豈知在檳城機場入柵時間報播了，輪椅沒有來，我只好硬挺看著腳尖隨衆走。還好，檳城的國際機場不大，長廊不到半公里，我們夫妻及時登機，度過了難關。

在機上我向服務員訴苦，她即刻致電廣州機場。放心，你下機肯定有輪椅在走廊恭候。果然有信，我和輪椅在白雲機場會面，坐上輪椅我問護送的服務生，「到出口遠嗎？」他說只有兩公里，不遠！他推著輪椅經過幾個檢查站，都是特別通道，原來坐上輪椅可享貴賓式禮遇。

我和輪椅的三個約會結束了。希望那是最後一個約會。經歷了輪椅、扶架、枴杖的多層磨煉，告別了看腳尖走路的日子，我希望我和輪椅的第三個約會是終結。

冰谷中風初期坐輪椅為新書簽名（圖／曾翎龍）

OKU卡，關懷送暖的旗號

不過三週天，一張「OKU卡」[11]就到手中了。福利部辦事能力之快捷，出乎我意料之外。假如說政府部有堪誇讚的部門，我想福利部足以記名。

一個行動正常、昂首闊步的人，與「OKU」根本沾不上邊。我中風斷脾六年，從輪椅到拄枴杖，一蹬一跳，步履蹣跚，也從不知道殘障病者原來還有張附身符可以防身，在某種情況下獲得庇護，或援助，與普通大衆，身分顯得特殊。

這種卡即鮮少人熟悉的「OKU卡」。我獲得，也屬機緣巧合。我癱瘓後困於斗室三年，稍有活動三年，六年沒有踏出國門，國際護照有效性自然蒸發了，變成了本廢存摺。我留作紀念不棄擲，是出於懷舊心念，因過去有很長的時間我靠它在雲霄飛來飛去，尋找棲息與溫飽的據點。缺少它，我無法完成遨遊的夢想。去年杪要出席在廣州暨南大學舉辦的世界華文文學研討會，不得已去移民廳重辦手續。當我欲在冊子上打指印時，屢試皆敗，包頭的女職員見狀，發現我屬殘障一族，隨即送來溫馨，勸說：「安哥，你去福利部討張『OKU卡』，我們可以給你發張五年的免費護照，甚至還可申請福利援助金。」

這回真是天掉下個熟鴨子，多年被殘障家族眷顧，有這等優惠事我卻懵然不知，只怪自己孤陋寡聞。素來我對卡的持有觀念淡薄，最熟悉且擁有的是臭銅味的提款卡，高速大道闖關的即通卡，陸路交通局的買路卡，這些連幼小童孩都知曉，現在殘障人居然也有優惠卡，聽之有股暖流在胸臆間湧動。但我對政府部門的辦事效率缺乏信心，而出國在即，擔心誤時誤事，於是將「OKU卡」的事撇下，就製本輕量級——一年終結的旅途證件吧。從廣州回來之後，一年長遛遛，也沒把事掛在心頭。直至上個月，忽然心血來潮，想到旅遊群衆五年交費三百令吉的大數字，遂覺得應先攬張「OKU卡」，一卡在手，通向免費的關卡就有端倪。記得懷愛心的包頭姐去年詳細寫下了福利部的地點，按圖索驥，但兒子的車子依然兜了好幾圈才找到，美觀的福利部建築原來躲在林蔭深處，那麼隱蔽。

進入辦公室，表述來意，坐臺的職員以眼神為我作了全身掃描。我會意，也了解他的舉措，殘障人不是坐輪椅就是拄著枴杖行走，而我，步履雖有點跛擺行動也些微失衡，卻是不需任何扶持蹬到她面前哦。看來我不像四肢有什麼缺陷，一個「正常人」也需要裝配一把保護傘嗎？她心裡也許這麼想。可她還以禮待客，打出「有什麼事要幫忙嗎？」的問號。

「我要申請『OKU卡』，要經過怎樣的程序？」她機械化地拉開抽屜，取出兩份申請表格，「找醫生替你填妥，再交上來——記得，醫生一定要找政府醫院的才合格。」填好表格呈交時，我順口問幾時可批準，「三週，我們會發信通知你。」這樣的時效給我一個驚訝，「OKU卡」直接一點就是殘障人的準證，要通過中央授權的證件三週確是快速服務，攸關二十萬農民生計的燕窩出口證，嚷嚷嚷嚷一年還沒著落呢！

福利部官員辦事果然守約，我身上從此多了一張卡，也是身分證卡、提款機卡以外的隨身卡。「OKU卡」的地位簡直可以取代我的身分證，因為大小厚薄相同，個人資料也羅列齊全，只有顏色迥異——「OKU卡」淺紅，淺紅有警訊或警剔的隱喻吧！

接獲「OKU卡」的同時，職員還附上一本說明冊子。翻開查閱，嘩！殘障人的福利林林總總，免個人所得稅、國際護照免費、駕車照免費、乘火車優惠，還有每月可領援助金……等等，可是回頭沉思，很多優惠項目對我都沒啥用了，退休後沒什麼作為，和所得稅局最先脫離關係；一個已鬢霜髮白的旅客，坐鐵軌交通早已半價啦，只有國際護照一項尚有用場。至於援助金這碼事，我三餐溫飽，多留一個空隙給貧困的「OKU」吧！

領了淡紅的「OKU卡」，我的身分已被確定，而且卡背面注明是世界公認的，真是一卡在手通行世界了。我想「OKU卡」最大的含意與功能，在於它代表殘障病者喚起社會人士的關切和援手。雖然我國政府和不少公眾機構為「OKU」提供了不少設施，然而很多時候這些設備都被行動自如的人「併吞」。用高速公路出遠門，在休息站泊車最常遇見這等不平現象，「OKU」撐著枴杖，一拄一拄蹣跚過不平的石階，而強佔殘障泊車位的壯漢見之無動於衷，臉無愧色。檳州市議會近日對漠視殘障人福利的駕車族忍無可忍，對霸佔車位的車輛執行嚴厲的「鎖輪」政策，真是大快人心！

扶弱濟貧，是種社會責任，也是社會關懷，「OKU卡」不是金錢上對殘障人士的扶持這麼簡單，它像一面飄揚的旗，是呼喚與點醒：給殘障病者以援手，讓他們感受人間的關愛和溫暖。但我並不奢望終身擁有它。我仍在不斷摸索，在康復磨煉中尋找更大突破口，讓自己的行動更正常些、腳步更穩些、五指更靈活些。

那時候，我就可減掉一張卡——淡紅色的「OKU卡」。

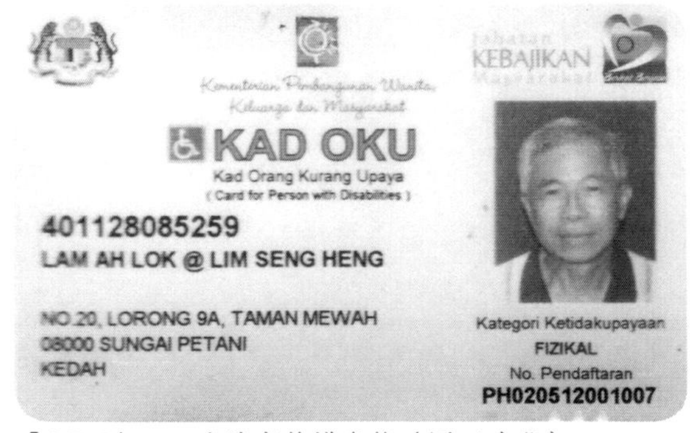

「OKU卡」，殘障者的護身符（圖／冰谷）

註釋

[11] 馬來語「Orang Kurang Upaya」的縮寫，即殘障福利卡。

七十二歲還發駕車夢

早上去教車學院領駕照，風和日麗，我心中就像晴天那樣藍，七十二歲重考駕照輕騎過關，證明功夫還在、寶刀未老呀！

遂想起上月間到學院報名，朋友聽到驚訝之餘，還哈哈捧腹大笑。也難怪，都髮白鬢霜了，像我這種年紀的駕車人士大多讓位由兒女代勞了，我居然還發駕車夢，不是「老夫聊發少年狂」嗎？我雖沒有蘇軾「左牽黃、右擎蒼」的豪情，卻仍存著壯年時旋轉駕駛盤的凜然志氣呢！

當年我進入園坵當管工，深居僻野，交通不便，深知駕照和汽車成日常生活上的必需，故不久即去考駕照。成家後有了小孩，為貪方便就買了部老爺奧士汀。所以，駕車也駕幾十年了，直至二〇〇六年中風之後出門才由人侍候，告別了駕駛盤。當然癱瘓有急事也得出門，最常的去處是醫院和物理治療所。我沒有能力聘司機，幸得太太和兒子自獻殷勤，在我的行駛上提供了便利。

日子悠悠地飄走，恍惚間就是六年。雖然我很自勵與勤練，但對自己的康復進度總帶著幾分保留。尤其是經過斷腿的傷痛之後，身心再一次的遭遇重挫，與駕駛盤的距離拉得更遠。有時出門，坐在太太旁邊，她按住駕駛盤，以調侃的語氣，「患病的人真是好命啊，進出總有免費司機！」

她說得也對，逍遙且自在呢！其實她不明白我的感受，我多麼渴望與她換位，我可以控制方向盤。免費司機不能像全職司機招之即來，兒子上班，太太操廚藝洗衣兼顧孫兒，有急事欲外出，問題就產生了。經濟能力有限，多年來我就一直生活於不便和被動之中。今年來發覺身體康復得不錯，近月來開始在僻徑嘗試驅駕，太太和兒子看我慢速駕駛掌握蠻順暢，就提議我續還駕照，免得吃「罰票」。

是好建議。於是兒子載我去交通局，向職員遞上舊駕照，「已超過三年了，不能更新，得重考。」這真是晴天一陣雷，只怪自己對交通的條例太粗淺了。我向她伸訴因中風沒駕車，並交上我的「OKU卡」，希望能過關。

「哦，你可以上訴。」她說完示意我轉櫃臺，向另一職員查問。聽到「可以上訴」我不禁精神煥發，暗喻仍有一線曙光，不至於完全失敗——曙光就等於希望，是前進的動力，沖淡了我先前的那份挫折與失落感。

詢問的結果是，可以上網上訴。這樣就更簡單。於是回到家裡，馬上打開電腦屏幕，在表格上填上所有提問，在不續還駕照原因欄目我寫著：中風後沒有駕車。我想這個理由很充分、很堂皇。表格傳出後，接到回傳的消息：收到上訴函，正在處理中。

我只有耐心地等待。每隔一兩天我就上網詢查，希望早日捎來好消息。過了一星期，好消息果然在電腦屏幕上顯現了：「上訴得直」的字眼讓我神采飛揚，遂迅速地與家人分享我的心情。我勝訴，意味我可以重握駕駛盤了！

怎知道，問題還存在。再去交通局呈上舊駕照，才知道「上訴得直」的含義。勝訴只不過替我剔除了第一重難關，無需上課考交通規則，但依然循規考驗我的駕駛技術。而通關的唯一門檻是去駕駛學院從頭來過。我當然很感沮喪。

沮喪也沒有用，彌補不了我的過失：對交通條例不甚了了。其實我沒有繼續交駕費，並非想節省每年那區區的幾十令吉。而是中風不久就摔斷了大腿，而且是中風的大腿。斷腿之前，專科醫生看了我腦部溢血的X光底片，搖頭對我說：「情況真令人擔憂阿！」癱瘓已康復無期了，何況又斷了腿。因此我對自己未來的體能情況，不敢存有太大的期待。又癱又斷的右腳要恢復踩油門的功能，僵化的右手擺動方向盤控制四條輪胎，忽左忽右讓汽車在公路上風馳電掣地奔馳，坐在輪椅上愁悶的我豈敢有這樣的夢想？

那張小小的駕照，老早在我的意識中隱滅了。等到自己的健康稍有改善，想重溫駕車夢的當兒，發現要重披戰袍上考車場的時候，心裡又面臨了一個選擇：考，還是放棄？思索了整個晚上，第二天我毅然走進駕駛學院報名，登記職員一看我的身分卡，「阿伯，七十二歲了，別人都稱老不駕車了，你還來學車，精神可嘉呀！」

就這句話，加強了我的信心與勇氣，辦完手續付還費用，第二天我就做學生了。沒好的選擇，掛「L牌」的全是國產小「靈鹿」[12]，手推牙檔，無功能方向盤，車小小駕駛盤卻粗重，汽車直行尚輕易擺動，但遇U轉情況就不妙了，中風的右手對方向盤感應遲緩，而且力度不足，這樣就加重了左手的動力和地位，難度比想像來得高。

雖然是駕車老手，卻因荒廢六年而生疏起來，同時有些設定的「花招」也頗考功夫。例如車子停在斜坡黃線上，重新開動引擎車子直駛；汽車在「凸」字形狹窄的框格內進出，都是我過去沒有體驗過的「考題」。首天跟「師父」學藝一小時，回到家衣褲濕濡濡，是汗染的污跡。吃力不吃力，不必我形容了。

每隔兩天就學習，交了幾趟學費，終於摸熟了停泊斜坡黃線、進出凸字框格的竅門；至於行駕大馬路，更加易於掌握，不是我的難題了。教車師父見我技術大有改進，反應也靈活自如，認定我可以進考車場了。於是又是報名、交費，等待安排考期。

上考場那天恰好遇到星期日，兒子閒空，他負責送我去應考。我作了十二分準備，視考車場為戰場，也深曉政府部官員都很注重儀表，我把疏稀的頭髮梳理得貼貼服服，換上幾年不曾見光的長褲，塞衣，又將幾近發霉的褲帶找出來；在鏡子前照了照，似乎辨不出鏡裡的是病後幹癟的自己。清晨八點鐘的考場，我以為會冷冷清清，相反，長板凳上坐著很多考生，還陸續有人到來。九點的時候，長凳擠滿了人，幾位監考官也準備就緒了。

我左盼右顧，發現考生中未滿二十歲的居多，年過三十歲的寥寥無幾，而鬢髮皆白的稀客，是我，是唯一的也是最蒼老的考生。也許我淪為衆裡的異類，無論行走或端坐著，我發現很多眼珠瞄著我，是我姿態欠雅還是我枯槁顏容引起好奇呢？我不能肯定，或者兩者兼有吧！

平時練習的黃線斜坡、凸字框格、停泊設置，這時都成了我們面對的「考題」。幾部靈鹿備考車停在斜坡下，顯然，斜坡黃線成為第一站考驗。前三名考生是馬來少女，我胸前掛著第十六號，可以先觀摩別人的闖關技能。第一號的勇士，她拿捏得恰到好處，「靈鹿」沖上去停頓時輪胎剛好壓住黃線，可惜啓動引擎要前進時控制失靈，車子倒退；再試，那「靈鹿」不聽使喚了，車輪壓不準黃線。她就這樣跨不過第一關，被淘汰出圈了。

排前的五個勇士，有三個闖不過關，其中一個過了首關，在進入凸字形框格時踩油過猛，小靈鹿越上欄界，兩邊前輪架空，動彈不得，衆人嘩然！眼見多人失敗，我不禁為自己擔憂，以一個癱瘓而未全面康復的身手去應考，成功機率會比反應敏捷的年輕人高嗎？我的憂慮漸漸加深了。

怕什麼，失敗就重考，像學生參加考試。我安慰自己。快接近中午，考車官才喚我的號碼。我躍上靈鹿，繫好安全帶，調整反照鏡，啓動引擎的剎那，情緒有點緊繃，進一號牙檔踩油門，靈鹿就唬唬往斜坡爬去了，可我煞掣的時候輪子沒觸及黃線，無奈地讓車子倒退，作第二次闖關，這回老天爺助陣，車輪不前不後準確地壓緊黃線，過關了！接下來的幾個「考題」，對重回考車場的我，不再是難關了。

臨老還堅持走入考車場，去爭取一張小小的駕車許可證，是對自己病後康復的一項挑戰；考車過關，是體能鍛鍊的提升和改善所致。能獨自駕車進出，並不隱喻是病患的全然復元，只是跨前一小步，使自己的生活更接近平常。還有更多更高難度的「考車場」，等待我報考和磨煉。我做好啓程的步驟，準備向另一條健康的途程衝刺。

註釋

[12] 馬來語「Perodua Kancil」，為馬來西亞國產車廠名稱。

附錄

漂泊與扎根

吉隆坡特殊教育學院高級講師　周錦聰

為了追求更美好的未來，多少人身不由己，少小離家，到處漂泊。冰谷的《陽光是母親溫暖的手》，描述了其前半生「彷彿註定了與山林為伴」，輾轉漂泊於橡膠林、油棕園等。接踵而來的，有精彩，也有荒涼。

漂泊者離開賴以為生的文化土壤，往往因失去歸屬感導致心情起伏，可能激發創作詩文的靈感，可能形成哲學的因數，但也有可能引發負面情緒將人擊垮。冰谷顯然是前者。本書分三輯，輯一《陽光是母親溫暖的手》和輯二《感覺人間真美好》，大都刻畫了作者游走於異鄉與家鄉的感受，以突出親情之可貴。

冰谷的散文引人入勝之處，除了他對親情細緻的體會，也因為他「苦中作樂」的精神力量。漂泊山林間，他不自哀自怨，而能在艱難的工作環境中，發掘大自然的美——不論是起伏的山嶺群峰、珍奇的飛禽走獸，還是因氣候轉變而瞬息萬變的景色，因為冰谷的妙筆，讀者樂於跟著他孜孜「翻閱山林這本活頁書，企圖挖掘到閃爍的結晶體」。

由於懷著詩心，冰谷的筆調往往帶著深情，引起讀者無限的聯想。他寫扎根于瓜拉江沙的巴西原生橡膠樹，「雖然它們都是外來客，卻繁殖了豐產而健壯的下一代，不僅扎根在這裏，也帶旺了這裏的經濟成長」，這「外來客」之特質，與我們落葉生根的先賢幾乎是一致的。他寫「棕櫚的種子雖然細小，但具有破土茁芽長成大樹的毅力」，其實不正是寫他在索羅門島拓荒的堅韌不屈？

外面的世界多精彩，親情，始終在召喚著作者回歸——即使得「擠車」、「催機票」，仍無阻一顆似箭的歸心。當人在家中，身在故園，暖暖的親情驅散孤獨感，完成他「人生最大的企求」——「夜能安枕」。

冰谷結束漂泊後，以為從此安穩生活了，命運卻跟他開了一個玩笑——二〇〇六年，他中風了。本書輯三《走出中風的魔咒》，是冰谷戰勝病魔的勝利報告，也是其他中風病人的借鏡——從「跨出一小步」，到「放下枴杖」行走，甚至挑戰自行「駕車」，我們感受到：由於曾在惡劣的自然環境中掙扎求存，在病魔的面前，冰谷也是一貫的堅持不懈，從容以對。

如果漂泊者的心總在漂泊，則註定他尋尋覓覓，也找不到精神家園。冰谷始終心系家鄉和家人。於是，在茫茫的塵世中，他找到扎根的地方，也為自己的靈魂找到安頓之處。

後記　表達心靈的文字

冰谷

一

這本散文集原本訂在去年出版，因《馬來西亞廣西詩文選》的編撰而擱置，沒想一拖就鬆懈下來。事情放下了要重新整理就千頭萬緒，倍感吃力，加上俗務纏身，缺乏規劃，以至延誤迄今。

二

本書的寫作時間，如果從二〇〇四年杪〈果子貍走入我童年的夢裡〉起至二〇一二年終，發表作品的年代跨度近九載。拖延出版原因是，這些零星發表的篇章難於歸類成冊，像《火山島與仙鳥》（臺灣繁體版改書名《南太平洋的明珠》）為索羅門群島的揭秘錄，《走進風下之鄉》書寫熱帶雨林沙巴，而《歲月如歌——我的童年》（臺灣繁體版改書名《辜卡兵的禮物—翻閱童年》）則屬回憶的自傳式敘事，《橡葉飄落的季節》又是另一片風景，全是膠林叢野的園坵散記。

這四本書的內容都各自表現一個主題，我傾向於這樣的書寫。如果時間許可，我也想把中風的心路歷程作一番省視，寫一部類似報告文學的作品。可惜自己眼高手低，常常想得多，做得少。

我把這漫延九年的篇章組成這本《陽光是母親溫暖的手》，第一輯的文字篇幅較長，多為親情的抒發；第二輯較多短調，可稱之心靈小品；第三輯是中風後的心路歷程，有自勵也有感嘆。勤勉的作家癱瘓，可以在養病期間將感受和病況著成一本書，律己與戒人，江上舟（方又圓）、林雪樂兩人，病中寫作成就遠比我強。

我向來做事沒有強求，對寫作也不例外；總覺得自己缺乏創作藝術這方面的才情，所以不曾設定什麼寫作的目標，或者計劃。有感即打開電腦屏幕，對著鍵盤點擊。文字是表達心靈最直接的方法，同時也是最自由的方式。

我因此樂此不倦，從校園時代開始，而今鬢已星星也！

三

母親辭世快半世紀了，她瘦矮的身影一直停留在我的腦海；她勤奮而剛強的個性，粗壯而有力的雙手，讓我感恩的同時也一直成為我人生旅程的路標。一個不曾受過教育的原鄉婦女，利用她那雙手打拚，除了主職割膠，種菸、種菜、養豬、種稻——凡有增加收入的粗活似乎都做過，為了支撐一個家庭，而我的教育費更添加了她經濟上的負累。

但是，母親無怨無悔，在貧困的日子中甘之如飴。從小六、初中到高中，我過了十二年風平浪靜的學校教育，就憑藉母親的一雙手，那雙陽光一般溫暖的手！

四

感謝拉曼大學講師李樹枝鄉親，於教務繁忙中為本書作序，評點並提供寶貴意見，成為我今後寫作的指標，讓我受益匪淺。

為了增加閱讀上的真實感，本書部分文章配以圖照。除了《農牧世界月刊》，還有不少親朋戚友提供了精美與珍貴的圖片，使本書平添風采，感謝他們的慷慨和雅量！

秀威資訊科技股份有限公司再次安排拙作出版繁體字版，讓我的文章有機會走出大馬本土，對我在文學寫作上是莫大的激勵。謹此謝謝！

二〇一三年九月十日寫於吉打州雙溪大年

二〇一四年七月十二日重寫

作品發表資料列表

第一輯：陽光是母親溫暖的手		
文章標題	發表時間	發表刊物名稱
果子狸走入我童年的夢裡	二〇〇四年十二月二十五日	《星洲日報・副刊》〈星雲〉
拔牙驚魂	二〇〇六年一月五日	《南洋商報・副刊》〈南洋文藝〉
與山林接觸	二〇〇六年七月	《蕉風》四九六期
百年橡樹，衆裡尋他千百度	二〇〇六年十二月一日	《星洲日報・副刊》〈星雲〉
父親的老爺腳踏車	二〇〇六年八月六日	《星洲日報・副刊》〈文藝春秋〉
陽光是母親溫暖的手	二〇〇六年十二月十六日	《南洋商報・副刊》〈南洋文藝〉
索羅門群島過聖誕	二〇〇六年十二月十七日	《星洲日報・副刊》〈生命樹〉
那棵植根赤道的棕櫚	二〇〇七年一月九日	《星洲日報・副刊》〈星雲〉
家夢有多遠	二〇〇七年一月二十四日	《星洲日報・副刊》〈星雲〉
龍珠果煥發的光芒	二〇〇七年六月二十二日	《星洲日報・副刊》〈星雲〉
媽媽的韭菜蛋	二〇〇七年九月九日	《星洲日報・副刊》〈星雲〉

夾在書裡的情詩	二○○八年八月二日	《星洲日報・副刊》〈星雲〉
回味鄉下的新年	二○一○年二月二十二日	《南洋商報・副刊》〈南洋文藝〉
果樹情之一：種一棵榴槤樹	二○一○年二月二十二日	《星洲日報・副刊》〈星雲〉
果樹情之二：採「浪剎」	二○一○年二月二十三日	《星洲日報・副刊》〈星雲〉
果樹情之三：河岸種紅毛丹	二○一○年二月二十五日	《星洲日報・副刊》〈星雲〉
果樹情之四：沙巴酪梨	二○一○年二月二十六日	《星洲日報・副刊》〈星雲〉
果樹情之五：龍珠果光芒不再	二○一○年二月二十七日	《星洲日報・副刊》〈星雲〉
父親為我點燃一枝煙	二○一○年	《星洲日報・副刊》〈星雲〉
閹雞過新年	二○一一年一月四日	《南洋商報・副刊》〈南洋文藝〉
生命裡的六條河之一：霹靂河	二○一一年三月七日	《星洲日報・副刊》〈星雲〉
生命裡的六條河之二：江沙河	二○一一年三月八日	《星洲日報・副刊》〈星雲〉
生命裡的六條河之三：雙溪邦谷河	二○一一年三月九日	《星洲日報・副刊》〈星雲〉

生命裡的六條河之四： 京那巴當岸河	二〇一一年三月十日	《星洲日報・副刊》〈星雲〉
生命裡的六條河之五： 蕩波河	二〇一一年三月十一日	《星洲日報・副刊》〈星雲〉
生命裡的六條河之六： 雙溪大年河	二〇一一年三月十二日	《星洲日報・副刊》〈星雲〉
福隆港，心情開放的地方	《小作家》月刊欄目〈天地任我遊〉	
芳鄰狐貓	二〇一一年三月六日	《東方日報・副刊》〈東方文藝〉
從鳥聲中醒來	二〇一一年三月八日	《東方日報・副刊》〈東方文藝〉

第二輯：感覺人間真美好		
文章標題	發表時間	發表刊物名稱
香蕉的魅力	二○○五年三月十日	《星洲日報・副刊》〈星雲〉
左手人節	二○○五年十一月二十八日	《光華日報・副刊》〈作協春秋〉
乳房之旅	二○○六年十月二十六日	《星洲日報・副刊》〈星雲〉
黃寡婦的豆腐卜	二○○六年十一月十八日	《南洋商報・副刊》〈南洋文藝〉
遊子過年：擠車票	二○○七年一月三十一日	《星洲日報・副刊》〈星雲〉
童年過年：爭戲票	二○○七年二月十六日	《星洲日報・副刊》〈星雲〉
離國過年：催機票	二○一二年一月十三日	《星洲日報・副刊》〈星雲〉
學電腦的苦樂	二○○七年二月十六日	《南洋商報・副刊》〈南洋文藝〉
新年，一個永遠的期待	二○○七年三月號	紐約華文作家協會《文薈》
文學書寫人生	二○○七年四月七日	《中國報・副刊》〈醒目生活志〉
人生三部曲	二○○七年四月二十八日	《中國報・副刊》〈醒目生活志〉
稿紙情	二○○七年六月二十七日	《星洲日報・副刊》〈星雲〉

趕除夕	二○○八年二月二日	《南洋商報・副刊》 〈南洋文藝〉
遠去的年	二○○八年二月二日	《星洲日報・副刊》 〈星雲〉
累贅的行李	二○○八年三月一日	《星洲日報・副刊》 〈星雲〉
致妻遺書	二○○八年五月五日	《星洲日報・副刊》 〈星雲〉
作家手跡	二○○八年九月二十日	《星洲日報・副刊》 〈星雲〉
城市夢的幻滅	二○○八年十一月十一日	《星洲日報・副刊》 〈星雲〉
迎接陽光就有溫暖	二○○九年一月二日	《星洲日報・副刊》 〈星雲〉
感覺人間真美好	二○○九年一月三十一日	《星洲日報・副刊》 〈星雲〉
新年往事	二○○九年二月二日	《星洲日報・副刊》 〈星雲〉
異鄉人	不詳	《星洲日報・副刊》 〈星雲〉
追不回的傷痛	二○○九年五月十日	《星洲日報・副刊》 〈星雲〉
異鄉過年	二○一○年二月二日	《星洲日報・副刊》 〈星雲〉
清明，遙遠的路	二○一○年四月三日	《星洲日報・副刊》 〈星雲〉

第三輯：走出中風的魔咒		
文章標題	發表時間	發表刊物名稱
輪椅的行程	二〇〇六年七月十日	《中國報・副刊》〈醒目生活志〉
走出中風的魔咒	二〇〇六年十月二日	《星洲日報・副刊》〈星雲〉
兩個另一半	二〇〇六年十月十四日	《中國報・副刊》〈醒目生活志〉
病療思考	二〇〇六年十一月十一日	《中國報・副刊》〈醒目生活志〉
尋找失落的記憶	二〇〇六年十一月十四日	《星洲日報・副刊》〈星雲〉
天生絕配	二〇〇六年十二月二日	《中國報・副刊》〈醒目生活志〉
左手書寫	二〇〇六年十二月九日	《中國報・副刊》〈醒目生活志〉
五指之內	二〇〇六年十二月二十三日	《中國報・副刊》〈醒目生活志〉
耕夫的雙腳	二〇〇六年十二月三十日	《中國報・副刊》〈醒目生活志〉
跨出一小步	二〇〇七年一月二十日	《中國報・副刊》〈醒目生活志〉
手杖和枴杖	二〇〇七年三月二十四日	《中國報・副刊》〈醒目生活志〉
放下枴杖	二〇〇七年三月二十四日	《中國報・副刊》〈醒目生活志〉

銀針在穴道上擺陣	二〇〇七年三月二十七日	《南洋商報·副刊》〈南洋文藝〉
迎接另一道彩虹	二〇〇七年四月七日	《星洲日報·副刊》〈星雲〉
半個機器人	二〇〇七年四月二十一日	《中國報·副刊》〈醒目生活志〉
在斗室和廳堂	二〇〇七年五月十二日	《中國報·副刊》〈醒目生活志〉
一盞警惕的燈	二〇〇七年五月十六日	《星洲日報·副刊》〈星雲〉
遠山近樹皆溫情	二〇〇七年六月十五日	《南洋商報·副刊》〈南洋文藝〉
二〇〇七，絕對難忘	二〇〇七年十二月二十一日	《星洲日報·副刊》〈星雲〉
人生的無奈	二〇〇八年十一月十八日	《中國報·副刊》〈醒目生活志〉
左撇子的情懷	二〇一二年四月十七日	《星洲日報·副刊》〈星雲〉
我和輪椅的三個約會	二〇一二年六月二十日	《星洲日報·副刊》〈星雲〉
OKU卡，關懷送暖的旗號	二〇一二年七月二十七日	《星洲日報·副刊》〈星雲〉
七十二歲還發駕車夢	二〇一二年十一月二十二日	《星洲日報·副刊》〈星雲〉

醸文學171　PG1172

陽光是母親溫暖的手

作　　者	冰　谷
責任編輯	林千惠
圖文排版	高玉菁
封面設計	蔡瑋筠

出版策劃	釀出版
製作發行	秀威資訊科技股份有限公司 114 台北市內湖區瑞光路76巷65號1樓 電話：+886-2-2796-3638　傳真：+886-2-2796-1377 服務信箱：service@showwe.com.tw http://www.showwe.com.tw
郵政劃撥	19563868　戶名：秀威資訊科技股份有限公司
展售門市	國家書店【松江門市】 104 台北市中山區松江路209號1樓 電話：+886-2-2518-0207　傳真：+886-2-2518-0778
網路訂購	秀威網路書店：http://www.bodbooks.com.tw 國家網路書店：http://www.govbooks.com.tw
法律顧問	毛國樑　律師
總 經 銷	聯合發行股份有限公司 231新北市新店區寶橋路235巷6弄6號4F 電話：+886-2-2917-8022　傳真：+886-2-2915-6275

出版日期	2015年1月　BOD一版
定　　價	300元

Printed in Taiwan

國家圖書館出版品預行編目

陽光是母親溫暖的手 / 冰谷著. -- 一版. -- 臺北市 : 釀出版, 2015.01
面； 公分
BOD版
ISBN 978-986-5696-52-8 (平裝)

855 103020548

讀者回函卡

感謝您購買本書，為提升服務品質，請填妥以下資料，將讀者回函卡直接寄回或傳真本公司，收到您的寶貴意見後，我們會收藏記錄及檢討，謝謝！
如您需要了解本公司最新出版書目、購書優惠或企劃活動，歡迎您上網查詢或下載相關資料：http:// www.showwe.com.tw

您購買的書名：____________________________________

出生日期：________年________月________日

學歷：□高中（含）以下　□大專　□研究所（含）以上

職業：□製造業　□金融業　□資訊業　□軍警　□傳播業　□自由業
　　　□服務業　□公務員　□教職　□學生　□家管　□其它_____

購書地點：□網路書店　□實體書店　□書展　□郵購　□贈閱　□其他

您從何得知本書的消息？
　□網路書店　□實體書店　□網路搜尋　□電子報　□書訊　□雜誌
　□傳播媒體　□親友推薦　□網站推薦　□部落格　□其他__________

您對本書的評價：（請填代號　1.非常滿意　2.滿意　3.尚可　4.再改進）
　封面設計____　版面編排____　內容____　文／譯筆____　價格____

讀完書後您覺得：
　□很有收穫　□有收穫　□收穫不多　□沒收穫

對我們的建議：____________________________________

____

____

____

請貼
郵票

11466
台北市內湖區瑞光路 76 巷 65 號 1 樓

秀威資訊科技股份有限公司 收

BOD 數位出版事業部

....

（請沿線對折寄回，謝謝！）

姓　　名：＿＿＿＿＿＿＿＿　年齡：＿＿＿＿　性別：□女　□男

郵遞區號：□□□□□

地　　址：＿＿＿＿＿＿＿＿＿＿＿＿＿＿＿＿＿＿＿＿

聯絡電話：(日) ＿＿＿＿＿＿＿＿＿＿ (夜) ＿＿＿＿＿＿＿＿＿＿

E-mail：＿＿＿＿＿＿＿＿＿＿＿＿＿＿＿＿＿＿＿＿